Maria Mater et Custos

PETIT-SÉMINAIRE D'AJAIN

SAÜL

ESSAI DE DRAME LYRIQUE

EN TROIS ACTES

PAR

M. L'ABBÉ E. BERTRAND

PROFESSEUR DE RHÉTORIQUE

MUSIQUE DE M. JULES MAGNIN

Professeur de Musique au Petit-Séminaire d'Ajain

EN VENTE { Au Petit-Séminaire d'Ajain (Creuse)
{ A l'Imprimerie H. Richet, à Guéret

GUÉRET

HIPPOLYTE RICHET, IMPRIMEUR

1882

Tous droits réservés

SAÜL

GUÉRET. — IMPRIMERIE HIPPOLYTE RICHET

Maria Mater et Custos

PETIT-SÉMINAIRE D'AJAIN

SAÜL

ESSAI DE DRAME LYRIQUE

EN TROIS ACTES

PAR

M. L'ABBÉ E. BERTRAND

PROFESSEUR DE RHÉTORIQUE

MUSIQUE DE M. JULES MAGNIN

Professeur de Musique au Petit-Séminaire d'Ajain

EN VENTE { Au Petit-Séminaire d'Ajain (Creuse)
A l'Imprimerie H. Richet, à Guéret.

GUÉRET

HIPPOLYTE RICHET, IMPRIMEUR

1883

A MONSIEUR L'ABBÉ MOUNIER

CHANOINE HONORAIRE

SUPÉRIEUR DU PETIT-SÉMINAIRE D'AJAIN

Hommage Respectueux & Filial

E. BERTRAND.

AVANT-PROPOS

L'essai que nous livrons à l'impression est une simple récréation de collége. Il n'a pas la prétention de passer pour un drame régulier conçu suivant les exigences des règles ou de l'exactitude historique. Sans parler de l'inexpérience de l'auteur, l'origine et la destination première de cette œuvre en expliquent les nombreux défauts.

Au mois de mars 1882, notre excellent maître de musique, M. Jules Magnin, avait organisé un concert dont le succès, dû tout entier à son talent et à son entrain, eut un certain retentissement autour de nous. Le morceau le plus important était un *David chantant devant Saül*, auquel avait servi de thème la *Plainte de Saül*, de Conconne. Sur des paroles ajoutées à ces couplets par un élève de rhétorique, et qui avaient bien leur mérite, M. Magnin avait composé tout un *oratorio*. Plus d'un auditeur demanda que si l'année suivante on organisait un autre concert, le *Saül* fût repris. Nous eûmes alors l'idée de développer un peu plus l'oratorio qu'on voulait entendre de nouveau, et nous entreprîmes un travail dont nous ne soupçonnions pas les difficultés. Ce qui existait déjà supposait entre les deux principaux personnages, Saül et David, une réconciliation que dément l'histoire. Mais, d'autre part, pour le concert de 1883, nous voulions utiliser ce qui avait été appris déjà, et que nos exécutants se rappelaient encore. Nous avions donc cousu tant bien que mal à l'oratorio un premier acte destiné à le préparer, et qui forcément se ressentait de ses défauts. Le plus grave était le manque complet de dénouement, et comme l'histoire ne nous préoccupait guère dans une œuvre que nous ne songions

I

nullement à rendre publique, nous avions aussi introduit en présence de Saül un personnage qui ne le revit jamais après l'élection de David, le prophète Samuel.

Frappé de ces défauts, nous avons voulu refaire et achever un début mal construit, et de corrections en corrections, nous sommes arrivé à faire d'un oratorio en deux actes, qui n'avait pas cinq cents vers, un drame dont les trois actes en comptent plus de quinze cents.

Mais forcément il est resté quelques-uns des vices d'origine. Ainsi la situation de Samuel devant Saül nous a paru dramatique et nous l'avons conservée. De Jonathas, ce guerrier capable d'aller seul jeter l'alarme au camp des Philistins, nous faisons un enfant : il nous fallait un soprano pour le chant. Nous avons rapproché des événements séparés par des intervalles de temps assez longs ; d'autres l'ont fait, et si nous nous sentions vraiment poète, nous dirions :

. . . . *Poetis*
Quidlibet audendi semper fuit œqua potestas.

Mais pourquoi nous défendre ? Nous n'avons pas à nous préoccuper de la critique : elle aurait trop à faire, s'il lui prenait fantaisie surtout de juger les détails de notre mise en scène. Peu nous importe que l'on nous reproche de mettre entre les mains des Hébreux des instruments qu'ils ne connaissaient pas : nous savons de reste que nul à la cour de Saül n'avait de saxophone ni ne jouait du cornet à pistons ; nous nous en servirons cependant à la rentrée du chœur au premier acte. D'ailleurs le public auquel nous nous adressons nous a accoutumés à l'indulgence : c'est celui qui se plaît à applaudir aux succès classiques de nos enfants ; celui qui compte dans ses rangs tant d'anciens élèves, dont le cœur n'a point oublié le berceau de leur éducation ; ce sont les parents qui nous confient leurs fils ; ce sont des amis réunis autour du père de la famille, venant bénir en souriant son jeune troupeau : qu'aurions-nous à craindre de la critique ?

Nous regrettons vivement que la musique si expressive faite pour le *Saül* ne soit pas imprimée avec les paroles. Mais c'eût été une œuvre considérable. Espérons que plus tard M. Magnin se décidera à mettre à la portée de tous, les beaux motifs dus à son inspiration musicale. Ils ont donné à plusieurs passages de *Saül*, une couleur poétique qu'ils doivent uniquement à la brillante parure de l'harmonie, et dont nos lecteurs ne pourront jouir.

Un mot maintenant sur le mobile qui nous a fait poursuivre cette œuvre. Plus d'une fois, des amis nous ont dit : « Mais sortez donc de votre vieille ornière ; sachez enfin trouver du neuf ! » Ceux qui se bornent à assister à une représentation ne se doutent pas de la peine que donne la préparation de pareilles mises en scène, et surtout du temps qu'il y faut consacrer ; c'est la raison principale qui nous avait retenus dans ce qu'on appelle « notre vieille ornière. » Nous tenons trop au sérieux des études pour éparpiller sur des occupations plus agréables qu'utiles le temps destiné au travail. Mais une fois n'est pas coutume, et nous avons essayé de sortir de « l'ornière. » Si nous n'avons pas réussi, on ne nous reprochera plus de n'avoir pas essayé.

Nous faisons précéder notre drame d'un modeste cantique à la Vierge. Marie est la protectrice d'Ajain, et l'auteur croirait faillir à son devoir d'hommage envers la Patronne du Petit-Séminaire, si le premier vers qu'il fait imprimer n'était pas pour Elle. On excusera la faiblesse de la pièce en faveur de l'intention.

A LA VIERGE IMMACULÉE

Ego flos campi et lilium convallium.
(CANTIQUE DES CANTIQUES).

O fleur du paradis, trop blanche pour la terre !
Au ciel s'épanouit ton calice argenté ;
Beau lis si pur, planté dans le divin parterre
    Par la Très-Sainte Trinité.

I

  Dieu même fit germer ta tige ;
Son Esprit te donna ta céleste blancheur,
    Et son Fils, par un doux prodige,
    Vint se reposer sur ta fleur.

II

    Oh ! qu'elle est blanche ta corolle,
Au soleil éternel de la sainte cité !
    Qu'elle est brillante l'auréole
    Dont rayonne au ciel ta beauté !

III

Hélas! ici-bas, dans nos fanges,
Ton pur éclat ne peut rayonner jusqu'à nous..
Il faudrait la vertu des anges
Pour goûter ton parfum si doux!

IV

Qui rendra mon âme assez pure
Pour monter près de toi dans le divin séjour?
Ah! laisse-moi, je t'en conjure,
Au moins te vouer mon amour.

V

Oh! j'entrevois ton doux sourire!...
Je sens mon âme émue et mon cœur consolé...
Oui, je t'aime, j'ose le dire
Pour toujours, lis immaculé!

SAÜL

ESSAI DE DRAME LYRIQUE

PERSONNAGES

SAÜL, roi des Juifs.

JONATHAS, fils de Saül.

DAVID, élu de Dieu pour remplacer Saül.

SAMUEL, prophète.

L'Ombre de Samuel.

ABNER, capitaine des gardes de Saül.

NATHAËL, officier de l'armée de Saül.

DOËG, iduméen au service de Saül.

ABISAÏ
JOAB, son frère } compagnons de David.

La Pythonisse d'Endor.

Un Amalécite.

Gardes de Saül.

Serviteurs et Soldats de Saül.

Le Chœur (peuple d'Israël).

ACTE PREMIER

LA COLÈRE

La scène représente une salle du palais de Saül, à Gabaa.
Au fond, le trône.

SCÈNE I

SAMUEL, LE CHŒUR

(Le chœur remplit la scène et entoure le prophète).

LE CHŒUR

O Seigneur ! nous chantons ta gloire et ta puissance,
　　Ta redoutable Majesté ;
　　Nous chantons ta grandeur immense
　　Mais surtout, surtout ta bonté !

UNE VOIX

　　Dans nos campagnes désolées
Le cruel Philistin répand ses bataillons,
Ses féroces coursiers paissent dans nos vallées
　　Et leurs pas foulent nos sillons.
　　O toi dont l'Arche Sainte
De leurs profanes mains subit l'impure atteinte,
　　Soutiens contre eux nos défenseurs.
Lève-toi ! De Jacob écoute enfin la plainte,
Et que du Philistin la rage soit éteinte
　　Dans le sang des envahisseurs.

2

UNE AUTRE VOIX

Je tremble qu'à nos vœux il ne reste insensible !
Contre nos cruels ennemis
Saül jadis fut invincible ;
Mais alors à son Dieu Saül était soumis ;
Il s'est lassé d'être fidèle.
Depuis, hélas ! deux fois rebelle,
Contre le ciel levant ses imprudentes mains,
Il brava du Très-Haut les ordres souverains.
Dieu n'est plus avec lui !... Je crains que la tempête,
En menaçant son front altier,
Ne perde avec son roi le peuple tout entier !

SAMUEL

Celui qui du géant a fait tomber la tête,
Celui dont Goliath n'a pu parer les coups,
David, enfants, combat pour vous !

UN VIEILLARD

Parle, parle, ô prophête !
En ce palais désert si nous nous pressons tous,
C'est que tous te voyant, toi que le ciel inspire,
Emu d'un saint délire
Vers le royal séjour porter tes pas tremblants,
Pour apprendre de toi ce que toi seul peux dire
Nous sommes accourus, les vieillards, les enfants.
Vois : toute la cité par ma bouche t'implore :
Si tu sais nos destins, parle.

SAMUEL

O mon fils, j'ignore
Les desseins du Très-Haut sur son peuple ; il m'a dit :
« La cité de Saül t'attend : Va. Mon Esprit
« Eclairera tes yeux quand il en sera l'heure,
« Surtout ne quitte point la royale demeure. »

J'obéis à sa voix, et je reste en ce lieu
Attendant comme vous la volonté de Dieu.
Espérez cependant. La divine justice
Ne veut point qu'Israël avec son roi périsse.
Mais priez : vers le ciel faites monter vos chants.

UN ISRAÉLITE

Père, mêle ta voix à nos humbles accents !

SAMUEL

O Seigneur, entends nos prières,
Jadis tu protégeas nos pères,
Ton bras dans le désert défendit Israël
Et même en tes justes colères
Tu jettes sur ton peuple un regard paternel.
Ah ! si pour punir son offense
L'esprit de notre roi par toi fut égaré,
Ne fais point tomber ta vengeance
Sur ce troupeau fidèle à toi seul consacré.

UN PATRE

Oh ! rends la paix à nos chaumières
Où tristement nous gémissons.

UN ENFANT

Oh ! rends leurs époux à nos mères,
Le laboureur à ses moissons.

SAMUEL

Contre le Philistin superbe
Lance, lance tes feux vengeurs !
Qu'ils tombent fauchés comme l'herbe
Par le fer de nos moissonneurs !
Et que l'éclat de ton tonnerre,
En écrasant notre ennemi dompté,
Fasse entendre à toute la terre
Ta puissance, ta gloire, et surtout ta bonté.

LE CHŒUR

O Seigneur ! nous chantons ta gloire et ta puissance
Ta redoutable majesté,
Nous chantons ta grandeur immense
Mais surtout, surtout ta bonté.

UNE VOIX

On vient.

UNE AUTRE

C'est un guerrier.

UNE AUTRE

Abner !

(Samuel se mêle à la foule)

SCÈNE II

SAMUEL, ABNER, LE CHŒUR

ABNER

Amis, victoire !
D'un éclatant triomphe au Seigneur rendez gloire.

UNE VOIX

O ciel ! nos vœux sont exaucés.

UNE AUTRE

Nos ennemis sont morts ou dispersés.

ABNER

Suspendez vos transports, déjà le temps s'écoule ;
Aux portes de la ville allez, courez en foule.
Saül victorieux, David, tous nos soldats
Touchent déjà nos murs : pressez-vous sur leurs pas,
Hâtez-vous d'acclamer leurs succès, leur vaillance.
A peine d'un instant ici je les devance

LE CHŒUR

Ne tardons plus, amis, partons.
Plus de tristesse !
Que l'allégresse
Partout éclate sur nos fronts.
Enfants, vieillards, séchez vos larmes ;
Qu'un chant joyeux
Célébrant de Saül les lauriers et les armes
S'élève jusqu'aux cieux.

ABNER

Oui, que pour un triomphe éclatant tout s'apprête.

SCÈNE III

ABNER, SAMUEL

*(Abner n'aperçoit Samuel perdu dans la foule qu'à la sortie du
chœur. Il s'approche avec étonnement.)*

ABNER

Quoi ! Samuel ici ! Pardonne-moi, prophète,
Si dès l'abord Abner devant tes blancs cheveux
Ne s'est pas incliné plein de respect : mes yeux
Ne t'apercevaient point dans la foule troublée
Autour de toi sans doute en ces lieux assemblée.
A te voir au palais je ne m'attendais pas.

SAMUEL

La volonté de Dieu conduit ici mes pas.
Au peuple tout entier je ne pouvais l'apprendre :
Tu la sauras, mon fils. Mais j'ai hâte d'entendre
De nos guerriers vainqueurs les rapides exploits.
Ainsi Saül...

ABNER

Il est le plus vaillant des rois !
Ah ! quel cœur de héros ! quelle vaillante épée !...
Aux champs de Sephata, sur la rive escarpée
Du torrent de Sorec, au lever du matin,
Devant nos bataillons parut le Philistin :
Ses cavaliers, ses chars, au loin couvraient la plaine.
Ils présageaient déjà la victoire certaine,
Et laissaient éclater un orgueil insolent
Pensant de Goliath venger l'affront sanglant.
Ils semblaient voir en nous à peine une poignée
De vaincus à périr sous leurs coups résignée.
Nous frémissions ! Saül donne enfin le signal
Et lui-même à la fois soldat et général
Sur l'ennemi troublé vole et se précipite,
Au plus fort du combat nous entraîne à sa suite,
Nous animant partout du feu de ses regards
Et partout dans les rangs des Philistins épars
Semant les coups mortels... Ah ! si dans la bataille
Tu l'avais vu superbe avec sa haute taille
Portant son front royal au-dessus de nos rangs,
Ardent, l'épée au poing, les yeux étincelants !...
Le Philistin déjà songeait à la retraite.
Un seul bras suffisait à hâter sa défaite
Déjà, c'en était fait... En ce même moment,
De l'esprit de Saül un triste égarement
S'empare tout à coup : en un instant tout change;
Il s'arrête, il pâlit et ce désordre étrange
Engourdit à la fois et son cœur et son bras.
Jusque dans les combats Dieu le poursuit.....

SAMUEL

Hélas !

ABNER

On dirait qu'un fantôme, une terrible image
En s'offrant à sa vue a glacé son courage :
Il demeure l'œil fixe, éperdu, consterné.
Le Philistin fuyait : il s'arrête étonné
De voir que les vainqueurs retardent la poursuite.
Il retrouve l'audace, et, suspendant sa fuite,
Serre ses rangs épars, se rallie, et soudain
Reprenant le combat, rend le sort incertain.
Un horrible carnage alors emplit la plaine
Dans l'affreuse mêlée on distinguait à peine
Hébreux et Philistins sans ordre répandus.
Partout du sang, des morts ; tous les rangs confondus
Se pressaient, s'entr'ouvraient, se refermaient. Moi
Ne voyant plus le roi dans ce tumulte extrême [même
Sur les incirconcis je frappais au hasard.

SAMUEL

Mais David ?...

ABNER

         Au combat il n'eut que trop de part :
Déjà mon cœur troublé perdait toute espérance ;
Mais dans les airs émus une clameur immense
Éclate... Autour de moi chacun reste indécis,
On s'étonne ; et voici qu'à mes regards surpris,
Comme au vase brisé l'onde échappe et s'écoule,
Les Philistins fuyaient, tombaient, mouraient en foule,
Et leurs rangs dissipés découvrent à mes yeux
Saül les traits calmés et, le front radieux,
David encor fumant des traces du carnage.

SAMUEL

O David ! ô mon fils ! Dieu bénit ton courage !

ABNER

A la garde du camp le roi l'avait laissé ;
Mais voyant Israël trop vivement pressé,
Las du repos sans gloire où languit sa vaillance,
Sur l'ennemi surpris sans retard il s'élance,
Et comme un vil troupeau chassant le Philistin,
Sur des corps entassés s'ouvre un sanglant chemin.
Saül reprend ses sens... Les nôtres en furie
Font un massacre affreux : c'est une boucherie
Et non plus un combat. Sans l'ombre de la nuit
Tout jusqu'au dernier homme aurait été détruit.

SAMUEL

Dieu ! ton peuple à David doit donc sa délivrance !
Ah ! sans doute le roi dans sa reconnaissance,
Pour payer son secours, devenu plus humain...

ABNER

Saül eût préféré celui d'une autre main.
D'un rival dangereux la gloire l'importune,
Et ses propres malheurs attisent sa rancune :
Ses regards assombris le laissent assez voir.
Et pourquoi Dieu veut-il lui ravir son pouvoir ?
Après tout, à mes yeux, sa haine est légitime ;
De défendre son trône on lui ferait un crime !

SAMUEL

Dieu lui-même a choisi David.

ABNER

                    Il n'est pas roi !
Et cet obscur berger n'est encor rien pour moi.

SAMUEL

As-tu donc oublié que son bras invincible
Deux fois nous a sauvés dans un danger terrible ?
Quoi ! par son jeune bras Goliath renversé
Déjà de ta mémoire est-il donc effacé ?

ABNER

Je m'en souviens encore et c'est ce qui m'irrite.
Pour un simple sujet il a trop de mérite.
Pour vaincre, les soldats réclament son appui ;
Pour dompter ses transports, Saül recourt à lui ;
Toujours David, partout. Dans la paix, dans la guerre,
Au palais, dans les camps, c'est l'homme nécessaire.
La gloire, le succès, l'honneur, l'autorité,
La faveur des soldats, la popularité,
Il prend tout à Saül. Eh ! que dis-je ? Ici même,
Dans ce royal séjour, on l'applaudit, on l'aime ;
À la cour il se fait des amis tout puissants
Et ravit à Saül le cœur de ses enfants.
Jonathas, à la fois fils et sujet rebelle,
A David a promis une amitié fidèle ;
Oui, d'un ambitieux ce sont les attentats,
Prophète !... Et tu voudrais qu'on ne se plaignît pas ?

SAMUEL

Quelle erreur, cher Abner, te séduit et t'égare !
Quand pour son peuple élu Dieu choisit et prépare
Un roi que son cœur même a pour nous suscité,
Tu blasphèmes sa main, ses faveurs, sa bonté !

ABNER

Sa bonté ! Mais sa main, cette main tutélaire,
　　Ne fut-elle pas trop sévère ?

Quand il frappa Saül, son élu, notre roi ?
J'aimais son cœur vaillant et sa main magnifique...
      Ah ! pourquoi ce prince héroïque
D'un sort trop rigoureux a-t-il subi la loi ?

SAMUEL

    Son sort est rigoureux, mais juste.
      Quand Dieu frappe, c'est qu'il le faut :
Soumettons-nous, mon fils, à cet arrêt auguste.

ABNER

Non ! non !... J'adore le Très-Haut;
Mais un jour, à Saül je jurai mon hommage :
      Ma parole n'est point un gage
Que je puisse à mon gré reprendre lâchement !
A me punir aussi peut-être Dieu s'apprête :
      Que la foudre frappe ma tête,
      Je tiendrai toujours mon serment !

SAMUEL

Arrête, malheureux !

ABNER

      Je m'égare peut-être ;
    Mais je ne puis aimer qu'un maître.
    Oui, je souffre de ses douleurs.
    Dieu peut-il défendre les pleurs ?...
      Mais toi qui nous le fis connaître,
Toi par qui notre front sous son sceptre a plié,
Toi qui sacras Saül, l'as-tu donc oublié ?

SAMUEL

    Moi l'oublier ! Ah ! quelle injure !
    Moi l'oublier ! Non, je le jure.
    O Saül ! ô fils que j'aimais,

Du Dieu qui punit ton offense
Je puis respecter la vengeance ;
Mais t'oublier, jamais ! jamais !

Oh ! Combien tu lis mal au fond de ma pensée !
Avec toi je gémis sur sa gloire passée,
Cher Abner. Non, pour lui mon cœur n'est point ingrat.
Si j'obéis à Dieu, ce n'est pas sans combat,
Sans larmes, sans regrets surtout. Et l'anathème
Eût moins blessé mon cœur en me frappant moi-même
Qu'en foudroyant le front d'un roi que j'ai sacré.
Dieu ! tu m'en es témoin : combien je l'ai pleuré !...
Toi qui viens m'accuser ici d'ingratitude,
Sais-tu pourquoi, quittant mon humble solitude,
J'accours en ce palais une dernière fois
Par l'ordre du Seigneur faire entendre ma voix ?
Le ciel peut adoucir le mal qui le dévore
Et je viens le sauver : il en est temps encore
S'il veut prêter l'oreille à des conseils amis
Et sous la main de Dieu courber un front soumis.
Mais, Seigneur ! devant toi je le jure d'avance :
Dût Saül repousser l'offre de ta clémence,
Dût son cœur endurci mépriser mes vieux ans,
Dût même sa fureur malgré mes cheveux blancs
Jusqu'à l'affront pousser l'excès de son délire...
Qu'importe qu'un vieillard se voie humilier ?
Jamais, jamais mon cœur ne pourra le maudire,
        Ni le haïr, ni l'oublier !

        Moi l'oublier ! Ah ! quelle injure
        Moi l'oublier ! Non je le' jure !...
        O Saül ! ô fils que j'aimais,
        Du Dieu qui punit ton offense

Je puis respecter la vengeance ;
Mais t'oublier !... Jamais ! Jamais !

ABNER

J'entends un bruit confus, des clameurs incertaines...
Ecoute... Ce sont eux. Ces fanfares lointaines,
Ce tumulte joyeux, ces voix formant des chœurs
Nous annoncent enfin l'approche des vainqueurs.
Comme autour de son roi le peuple ému se presse !

SAMUEL

Sur son front assombri comme on lit sa tristesse !
Mais ma présence ici surprendrait son regard :
Souffre pour un instant que je reste à l'écart.

(Il se retire sur le côté de la scène et se dissimule dans la foule qui rentre.)

SCÈNE IV

LES MÊMES, SAUL, DAVID, GARDES, LE CHŒUR

(Saül monte à son trône. — David se place à sa droite. Le roi de temps en temps, lui jette un regard de colère)

CHŒUR TRIOMPHAL

Victoire !
Chantons la gloire
Et les combats.
Echo sonore,
Redis encore
Nos gais vivats !
Saül, devant ta main vaillante,
Eperdus, frappés d'épouvante,
Les Philistins tombaient broyés !
David, dans l'arène sanglante,

De ton épée étincelante
Tu les as foudroyés !
Ils fuyaient... Ressource inutile.
Rien au bras de Saül ne les a dérobés :
Plus de mille ennemis sous ses coups sont tombés.
David en a frappé dix mille !

SAUL (à part)

Insolents ! devant moi !... Je ne l'oublierai pas.

CHŒUR

Victoire !
Chantons la gloire
Et les combats.
Echo sonore,
Redis encore
Nos gais vivats !

SAUL

Cessez vos chants... C'est bien. Par quelle audace
Prétendez-vous donner le blâme ou la louange ? [étrange
J'en suis juge, et, suivant qu'il aura mérité,
Par moi, j'en fais serment, chacun sera traité.

DAVID

A ce peuple joyeux, ô roi, pourquoi défendre...

SAUL

A discuter mon ordre oserais-tu prétendre ?
Ah ! je sais trop !...

SCÈNE V

LES MÊMES, JONATHAS

JONATHAS (courant à Saül)

  Mon père ! enfin je te revois.
Au fond de ce palais, ces bruits, ces chants, ces voix
M'ont à la fois appris tes succès, ta présence,
Et sur le champ j'accours, après ta longue absence,
Saluer ton retour, me jeter dans tes bras.....
Oh ! que je suis heureux !

SAUL

    Mon fils ! Mon Jonathas !

JONATHAS

Permets que d'un ami, d'un véritable frère,
Je presse aussi la main...

SAUL

     Ingrat, que vas-tu faire ?

JONATHAS

Que dis-tu ?

SAUL (À part)

  Tout m'accable et comble mon dépit !...
Dissimulons pourtant. (Haut). Va mon fils... il suffit.
  (Apercevant Samuel).
Mais qui vois-je en ces lieux ?... Est-ce bien toi, pro-
Je t'aurais appelé jadis d'un nom plus doux... [phète ?
Ne crains-tu pas d'un roi le terrible courroux,
Malgré les cheveux blancs qui couronnent ta tête ?
Je veux seul avec toi rester quelques instants.
  (Avec plus de douceur).
Peuple, retirez-vous... Sortez, ô mes enfants.

LE CHŒUR

Pleins de respect pour ta couronne,
A ton auguste voix nous obéissons tous.
Amis, Saül ainsi l'ordonne,
Retirons-nous, retirons-nous.

SCÈNE VI

LES MÊMES, MOINS LE CHŒUR

SAUL

Tu peux sortir, David. Pose l'habit de guerre ;
Prends pour quelques instants, un repos nécessaire.
Ecoute cependant : avant la fin du jour,
C'est mon ordre formel, sois ici de retour.

DAVID

Au plus vaillant des rois obéir est facile,
Et jamais tu n'auras de sujet plus docile.

JONATHAS

Reviens bientôt David !... Car je veux par ta voix
Entendre le récit de vos heureux exploits.

SAUL

Sors, mon fils.

*(Jonathas et David sortent de côtés différents après s'être
serré la main.)*

SCÈNE VII

SAUL, ABNER, SAMUEL

SAUL

Viens, Abner.
(Il lui parle bas un instant.)

Ne va pas me trahir !..

ABNER

Moi ! Je suis un soldat, je ne sais qu'obéir.
(Il sort.)

SCÈNE VIII

SAUL, SAMUEL

(Samuel est resté sur le côté de la scène, immobile, absorbé dans ses réflexions. Après la sortie du chœur, il garde la tête baissée, sans lever les yeux vers Saül. Le roi quitte son trône, vivement, avec un air courroucé, puis il s'arrête, et ses traits se détendent.)

SAUL

Je ne puis ! .. Sur ma lèvre expire le reproche...
O vieillard ! O mon père, entends ma voix... approche.
Pourquoi fuir mon regard ? Pourquoi ce front baissé ?
Oui, par ton abandon profondément blessé,
Dévoré du chagrin dont le feu me consume,
Je venais, contre toi le cœur plein d'amertume.
A ton aspect, soudain je me suis apaisé.
(Après un silence.)
Eh bien ! par Samuel serais-je méprisé ?
Pour répondre à son roi n'a-t-il que le silence ?

SAMUEL

O roi ! j'eurais dû fuir à jamais ta présence.
Assez souvent mon Dieu me reproche les pleurs
Que m'arrachent encor tes fatales douleurs.
        Mon Dieu, ne punis pas ma plainte.
Tu m'avais dit : « C'est lui, c'est l'élu de mon choix. »
        Et, docile à ta voix,
Sur le front de Saül, je versai l'huile sainte,
        L'huile sainte qui fait les rois...

        (à Saül).

        Hélas ! de toi Dieu se retire,
        Et mon cœur brisé se déchire.
Saül ! Saül ! pourquoi ces orgueilleux défis ?
Pourquoi braver de Dieu l'inflexible justice ?
        Il t'a frappé. Pour mon cœur quel supplice !
Car je t'aimais, Saül. Je t'aimais comme un fils !

SAUL

Puis-je le croire ? Eh quoi ! tu m'aimerais encore ?
Et pourtant, sur le front de celui que j'abhorre,
Prophète, par ta main l'huile sainte a coulé !

SAMUEL

Peut-on désobéir quand Dieu même a parlé ?

SAUL (avec éclat)

Va donc, cruel ! Va donc trouver un nouveau maître !
    (Avec désespoir.)
Oh !... Je n'ai plus d'amis !... Si tu pouvais connaître,
O toi dont la vertu m'a si longtemps trompé,
Le châtiment affreux dont ton Dieu m'a frappé
Pour ravir à mon front la royale couronne !
        Dans mon malheur, tout m'abandonne.

3

Autour de moi s'étend, comme un nuage noir,
Comme un sombre linceul, un morne désespoir...
Mon regard s'est plongé dans cette ombre effrayante :
A mon regard troublé pas un rayon n'a lui !...
En vain autour de moi j'étends ma main tremblante :
     Ma main ne trouve aucun appui.
Dans cette horrible nuit, des fantômes sans nombre
S'offrent à mon esprit et s'agitent dans l'ombre,
Comme autour d'un cadavre un essaim de vautours ;
Ma mémoire se fait leur fatale complice
Et d'affreux souvenirs m'assaillent !... Ce supplice
     Durera peut-être toujours !...

(Avec un peu d'égarement).

    Hélas ! hélas ! mon cœur s'égare ;
    Le délire de moi s'empare...
O Dieu, seras-tu donc toujours mon ennemi ?...
    Et dans cet excès de misère
Où je gémis, frappé des traits de ta colère,
    Je ne garde pas un ami !...
    Samuel, tu vois ma détresse !...
    Oh ! rends-moi, rends-moi ton amour.

SAMUEL

    Le ciel pour toi voit ma tendresse ;
    Mais il t'a frappé sans retour,

SAUL

    Ah ! quand un père m'abandonne,
    Pourrais-je ne pas murmurer ?

SAMUEL

    Ne regrette pas la couronne,
    C'est ton crime qu'il faut pleurer.

DUO

SAUL

Lui qui m'a donné la couronne,
Il m'abandonne !
Je pleure, hélas !
Samuel, entends ma prière :
O toi, mon père,
Ne m'abandonne pas !

SAMUEL

Dieu t'avait donné la couronne,
Il t'abandonne !
Je pleure, hélas !
O Seigneur, entends ma prière :
Je fus son père,
Ne l'abandonne pas !

SAMUEL

Mais pourquoi se répandre en des soupirs stériles ?
Veux-tu, Saül, veux-tu rendre tes pleurs utiles ?
Ton âme peut encore retrouver le bonheur.
Courbe ton front meurtri sous la main du Seigneur,
Fléchis...

SAUL

Qui ? Moi, fléchir ! moi, Saül ! Non, prophète.
Dieu m'a frappé : c'est bien ; mais pour courber ma
Devant l'arrêt fatal, il faudra d'autres coups,   [tête
D'autres foudres !...

SAMUEL

Pourquoi provoquer son courroux ?...
O mon fils ! entends-moi, c'est mon cœur qui m'inspire :

Dieu pouvait d'un seul mot renverser ton empire,
D'un souffle, te jeter dans l'ombre du passé,
Et, ce bandeau royal que sa main t'a laissé,
De ce funeste jour où tu devins rebelle,
A tes yeux, le placer sur un front plus fidèle
Par Lui-même affranchi de tes ressentiments...
Il ne l'a pas voulu. Jusqu'en ses châtiments
Sa clémence survit... La même main qui blesse
Pour nous servir d'appui s'offre à notre faiblesse ;
Par elle, de tes maux tu peux encore sortir.

SAUL (ébranlé)

Parle : est-il un moyen ? un seul ?...

SAMUEL

                   Le repentir.
Tu pleures sur tes maux : pleure plutôt tes crimes ;
Tu maudis du Seigneur les foudres légitimes ;
Maudis plutôt l'orgueil qui les fit éclater.
Enfin, quoi qu'à ta haine il en puisse coûter,
A l'élu du Très-Haut tends une main sincère
Et pardonne à David...

SAUL

               Qu'as-tu dit, téméraire ?
Quel exécrable nom de ta bouche est sorti !
J'en atteste le ciel : j'avais déjà senti
Dans mon cœur, à ta voix, renaître l'espérance...
Mais ce nom détesté rallume ma vengeance,
Ravive mes regrets... ma fureur... mes tourments !
David !... Il va venir : je le sais, je l'attends :
Mon ordre rigoureux en ce palais l'appelle,
Non pour récompenser, pour punir un rebelle...

N'as-tu pas entendu tout ce peuple insolent
Me faire de son nom, l'affront le plus sanglant ?
A ma face !... « David en a frappé dix mille !... »
Et, monarque muet, j'attendrais bien tranquille
Que le fils d'Isaï vînt me faire la loi !
Et que lui manque-t-il déjà pour être roi ?
Ah ! de ce fol encens tu peux goûter le reste...
Il te coûtera cher, méchant ! Je te l'atteste.
J'ai suspendu mes coups pour les mieux assurer.
Abner suivant mon ordre a dû tout préparer.
Je n'ai que d'un instant retardé la vengeance ;
Son incroyable orgueil aura sa récompense,
Et ce fer meurtrier que balance ma main
Aura frappé le traître avant qu'il soit demain !

SAMUEL

Saül à son péché veut joindre l'homicide ?

SAUL

Saül, quand il le faut, sait punir un perfide !

SAMUEL

Prince ingrat ! Un perfide ! eh quoi ! parmi ses torts
Comptes-tu ses bienfaits ? Dans tes sombres transports
Qui donc vingt fois a pu dans ton âme égarée
Ramener par ses chants une paix assurée,
Et te rendre un moment quelque ombre de bonheur ?
Qui donc dans la bataille a sauvé ton honneur ?
Prends garde que de Dieu la justice blessée...

SAUL

Tais-toi ! Ma patience à la fin s'est lassée.
A toi, faible vieillard, je puis tout pardonner ;
Mais à David, jamais !... Quoi ! laisser détrôner

Ma race, Jonathas, par celui qui naguère   [guerre.
N'était qu'un pâtre obscur ! Non, non ! guerre pour

(En ce moment, on entend derrière le théâtre la voix de
Jonathas qui chante: Ah ! Ah !. ...)

Mais quelle est cette voix !... C'est mon fils !

SAMUEL (à part)

               Jonathas !
O Seigneur ! Votre main conduit ici ses pas.

JONATHAS (dans la coulisse)

Fuis loin de moi, sombre tristesse,
Je veux jouir de mon printemps;
Non, ce n'est pas à la jeunesse
De s'occuper des noirs autans.
    Ah ! Ah !.....

SAUL

O calme heureux de l'innocence !
Hélas ! qui me rendra les jours de mon enfance !
Jours de tranquille paix, jours de bonheur perdus,
Non, jamais à mon cœur vous ne serez rendus !

JONATHAS (dans la coulisse)

Eh ! que me fait le rang suprême ?
Des grandeurs je suis l'ennemi.
Je ne veux pas d'un diadème
Qui me ferait perdre un ami.
    Ah ! Ah !.....

SAUL

Dans la bouche d'un fils, Dieu ! quel amer reproche !

SAMUEL

Puisse-t-il émouvoir enfin ton cœur !

             (Jonathas paraît.)

SCÈNE IX

SAUL, SAMUEL, JONATHAS

SAUL

Approche.
Ton front tranquille et pur repose mon regard
Et calme mes transports... Pauvre enfant ! quand plus
La vie aura troublé ta paisible jeunesse,   [tard
Tu sauras combien lourd à l'humaine faiblesse
Est cet amer fardeau sous lequel je gémis.

JONATHAS

Quel fardeau ?

SAUL

Puisses-tu n'avoir que des amis
Et ne jamais haïr !

JONATHAS

Haïr ? Qui nous y pousse,
Quand Dieu même pour nous fit l'amitié si douce ?
Déride un peu ton front, chasse ton noir chagrin.
Moi, je suis tout heureux. Ton ordre souverain,
Rappelle, je le sais, David en ta présence
Pour le récompenser, tu l'as dit. Je devance
Sa venue au palais et veux rester ici
Pour partager sa joie.

SAUL

(à part) Eh ! quoi ! mon fils aussi !
        (Haut)
Toi, Jonathas, aimer celui qui me détrône ?
Celui qui sur mon front veut prendre ma couronne
Et sur Jacob étendre un pouvoir usurpé !

JONATHAS

Lui, David ! un rebelle ! Oh ! comme on t'a trompé !
Laisse-moi t'éclairer sur cette erreur fatale.
Moi, je connais son cœur et son âme loyale :
Il t'aime, je le sais ; le plus pur dévouement
L'attache à ton service encor mieux qu'un serment.
Il régnera, dis-tu, plus tard ? Et que m'importe
Un sceptre si pesant pour la main qui le porte.
Si tu veux à ton fils témoigner ton amour,
Pardonne à mon ami sans regrets, sans retour.

SAUL

Mon Dieu ! que de vertus dans cette âme si pure !

SAMUEL

Courage, enfant, il cède.

JONATHAS

   O roi, je t'en conjure :
Pardonne enfin, pardonne.

SAUL

   A David ? à l'ingrat ?

JONATHAS

C'est ton fils qui t'implore.

SAUL

   En mon cœur quel combat !

TRIO

SAUL

Faut-il oublier ma colère
Et renoncer à mon courroux ?
Faut-il écouter la prière
D'un fils qui tombe à mes genoux ?

JONATHAS

Ah ! s'il ne faut que ma prière
Pour fléchir ton sombre courroux,
Pardonne, oh ! pardonne, mon père :
Vois, je me jette à tes genoux.

SAMUEL

Ecoute, écoute sa prière ;
Ah ! laisse fléchir ton courroux.
Entends avec un cœur de père
Le fils qui tombe à tes genoux.

JONATHAS

Au nom de mon amour,
Qui parle et qui te presse ;
Au nom de ma tendresse,
Ne hais pas sans retour !
Ah ! s'il ne faut que ma prière, etc...

SAMUEL

Ecoute, écoute ma prière, etc...

SAUL

Oui, j'y consens : plus de colère.
Oui, je renonce à mon courroux.
Je cède enfin à la prière
D'un fils qui tombe à mes genoux.
Gardes, cherchez Abner... Courez ; qu'on l'avertisse
Que Saül à David enfin rendant justice
Veut révoquer son ordre et suspendre ses coups.
Eh bien ! j'ai pardonné... Mais lui, qu'il se retire.

  (à *Jonathas*.)

Si la haine, à ta voix, sur mes lèvres expire,

Ce violent combat a porté jusqu'au fond ,
De mon cœur faible encore un tumulte profond...
(*Avec un peu d'égarement.*)
Je sens encor brûler... oui, je sens en mon âme
Comme un feu mal éteint... comme une ardente flamme.
Je suis sincère, ô Dieu ! je veux tout oublier ;
Je veux avec David me réconcilier ;
Mais si dans ce moment je le voyais paraître,
De mon égarement me rendrais-je le maître ?
Le soir vient et la nuit apaise tout... Demain
Je reverrai David et lui tendrai la main.

JONATHAS

Oh ! sois béni !

SAMUEL

Saül, Dieu vers lui te rappelle.

JONATHAS

Et moi, fier de porter cette heureuse nouvelle,
Je cours pour l'arrêter... Dieu ! le voici !

SAMUEL

Trop tard !

SAUL

Lui !

SAMUEL (regardant Saül)

Quel courroux soudain éclate en son regard !

JONATHAS

Ciel ! Je tremble !...

SCÈNE X

LES MÊMES, DAVID

DAVID

Seigneur, le jour s'achève à peine ;
J'accours, obéissant à ta voix souveraine :
Me voici... Mais, ô roi, pourquoi ce front pâli ?
Pourquoi ces feux ardents dont ton œil est rempli ?

JONATHAS

O David ! qu'as-tu fait !

DAVID

Qu'entends-je ?

SAUL

En ta présence,
Vainement je voudrais étouffer ma vengeance !
Perfide ! à ton aspect son feu s'est rallumé...
Non, non ! plus de pardon !... Te voilà désarmé !
Tu ne saurais soustraire une tête coupable
Aux traits de ma colère ardente, inexorable.
Evite, si tu peux, ce fer, dont ma fureur
En dirigeant mon bras va te percer le cœur !...

JONATHAS

Grâce, mon père !

SAMUEL

Arrête, ô Saül, ô mon maître !

SAUL

Non ! je veux me venger.

DAVID

Si Dieu le veut.

SAUL (en jetant sa lance contre David).

Meurs, traître !

SAMUEL

Horreur !

JONATHAS (courant à David que Saül a manqué)

Fuis, mon David !

SAUL

O rage ! il vit encor
Et ma main égarée a trompé mon effort !

DAVID

Je fuis ta face, ô roi, mais sans peur et sans haine.
Adieu, Saül.

SCÈNE XI

SAUL, JONATHAS, SAMUEL, GARDES

SAUL

Il fuit et ma colère est vaine !
Non, non ! qu'on le poursuive ! A moi ! gardes, à moi !
Atteignez le coupable et vengez votre roi !

JONATHAS

Je veux aussi le suivre et nous mourrons ensemble !

SCÈNE XII

SAUL, SAMUEL

SAMUEL

Malheur à toi, Saül... Le Seigneur t'a vu... Tremble !
Sa colère est sur toi ! Tremble, il va se venger ! ..
Quant à David, son bras saura le protéger.
Je te quitte à mon tour : du repos voici l'heure,
Et j'ai hâte de fuir ta sanglante demeure !...
Reste avec tes remords !

SCÈNE XIII

SAUL (seul)

Arrête ! Je l'ordonne !...
Vaine parole !... Ainsi tout fuit, tout m'abandonne,
Et je demeure seul, seul dans l'ombre du soir...
Haine, remords, fureur, vengeance, désespoir :
Accourez tous ! Venez accroître mon supplice,
Disputez-vous mon cœur... il est votre complice.
Déchirez-le, terreurs, fantômes de la nuit,
Saül vous appartient !... Saül...

(On entend un son de trompe).

Quel est ce bruit ?...
Des lévites, au loin, c'est la trompe sacrée.
J'aurais prié jadis !... Mon âme déchirée
Fléchissant sous le poids d'un courroux criminel
Ne peut plus désormais regarder vers le ciel !...
Essayons...

(Il reste un instant immobile... La trompe s'éloigne.)

　　　Vainement cette douce harmonie
M'invite à supplier la justice infinie !...
Il est trop tard !... Je suis maudit par le Seigneur.
L'enfer avec la haine est rentré dans mon cœur !

　　*(Il tombe accablé sur son trône, la tête dans ses mains, puis
il se relève avec rage.)*

Eh bien ! Soit ! Mais du moins la vengeance me reste.
Mon malheur, à David, en sera plus funeste ;
Même en dépit du ciel partout je le suivrai...
J'y mourrai s'il le faut ! mais je me vengerai !

FIN DU PREMIER ACTE

ACTE DEUXIÈME

LA POURSUITE

Une campagne sur les limites du désert de Ziph. — Sur un des
côtés de la scène, vers le fond, l'entrée d'une caverne. Vers le
milieu, un sycomore aux branches assez larges, palmiers, etc.

SCÈNE I

DAVID, ABISAI

*(David est debout sur le devant de la scène. — Abisaï qui
observe la campagne revient vers lui).*

ABISAI

Le pays n'est pas sûr, David. Depuis l'aurore
Joab s'est éloigné sans reparaître encore.
Mon regard interroge en vain tout l'horizon.
Des pâtres Ziphéens je crains la trahison :
A mon tour pour veiller je descends dans la plaine.

DAVID

Pour un proscrit à quoi bon tant de peine ?

ABISAI (avec reproche)

David !... Pour un ami !... Va, je serai prudent.
A bientôt.

DAVID

Noble cœur ! A bientôt ! Je t'attend.

SCÈNE II

DAVID

(Il s'assied tristement au pied du sycomore).

Faut-il encore tenter une fuite inutile ?
Pourquoi se dérober et d'asile en asile,
De déserts en déserts, de dangers en dangers,
Chercher pour mon malheur des abris passagers ?
De Saül à mes pas la vengeance s'attache :
Il me poursuit partout, sans trêve, sans relâche.
Vainement Jonathas a voulu le fléchir...
Il est vrai, d'un seul coup j'aurais pu m'affranchir,
Lorsque, sans le savoir, il vint dans ma retraite
Reposer une nuit. Mais j'épargnai sa tête.
Il feignit un instant de pardonner. Sa main
A démenti sa bouche avant le lendemain ;
Il ne donna sa foi que pour la méconnaître,
Et depuis, plus ardent, plus endurci peut-être,
Il ne me laisse point un instant de répit.
Comme pour achever les malheurs du proscrit,
En frappant Samuel enfin, la Providence
Dans sa tombe a couché ma dernière espérance ;
Et ces deux seuls amis qui suivirent mes pas
Ne peuvent dans mon cœur remplacer Jonathas.

(Un silence... il se lève.)

Et cependant je dois combattre la tempête.
Tu le veux, ô grand Dieu ! tu promis à ma tête
Le bandeau souverain, que n'envia jamais
Mon cœur simple et modeste... Il le faut : désormais

Plus de paix pour David. Dieu lui-même l'ordonne,
Puisqu'il veut m'imposer le poids de la couronne.
Je t'en supplie, ô ciel ! reprends ce lourd fardeau
Et rends-moi Bethléem, ses champs, et mon troupeau !

ROMANCE

Heureux berceau de ma jeunesse,
Bethléem, tranquille séjour,
Qui me rendra pour un seul jour
De ta paix la charmante ivresse ?
Beau temps passé, tu ne peux revenir !
En vain vers toi mon cœur s'élance,
Et le bonheur de mon enfance
Pour moi n'est plus qu'un souvenir !

I

De Dieu la volonté suprême
Pour être roi m'a désigné ;
Il me faut sous le diadème
Incliner mon front résigné.

II

Si, pour consoler ma détresse,
Avec moi j'avais Jonathas !...
Près de lui, malgré ma tristesse
Oh ! non, je ne me plaindrais pas !

III

Mais dans ma course fugitive,
Où le reverrai-je ? En quels lieux
Pourrai-je de ma voix plaintive
Lui dire mes derniers adieux ?

4

IV

Voilà l'effet de la colère
D'un roi transporté de fureur.
Hélas ! en cette vie amère
Il n'est plus pour moi de bonheur !

Heureux berceau de ma jeunesse, etc.

SCÈNE III

DAVID, JOAB

JOAB

Tout est perdu, David ! Au pied de la colline
J'ai vu se déployer dans la plaine voisine
Du roi persécuteur les farouches soldats...
Quelques traîtres sans doute ont observé mes pas
Et ma vue à leurs yeux a trahi ta présence.
De t'avoir en leurs mains ils se flattent d'avance.

DAVID

C'est bien. Depuis longtemps, dans mon pénible exil,
Je vois sans m'effrayer l'approche du péril.
Parfois, quand je suis seul, il est vrai, la tristesse
Se saisit de mon cœur, et l'humaine faiblesse
M'arrache des soupirs que ma fierté dément.
Si de toi j'ai douté, pardonne, ô Dieu clément.
En face du danger, sous le coup de l'orage,
Mon âme se redresse, et je reprends courage ;
J'espère en ta parole et je garde ma foi.

JOAB

Mais cette foi, David, on doit l'aider... Crois-moi :
Il nous faut en finir. La fuite est difficile,

Pénible. Je suis las de ce moyen stérile.
Saül sans défiance approche de ces lieux ;
Pour l'abattre, il ne faut qu'un bras audacieux :
Voici le mien... J'y cours, je l'attends au passage,
Et je vais dans son sang éteindre enfin sa rage.

SCÈNE IV

DAVID, JOAS, ABISAI

ABISAI (qui a entendu les derniers mots de Joas)

Tu ne seras pas seul pour frapper ce grand coup !
Nous serons deux, mon frère ; il est juste après tout !
Partons sans plus tarder.

DAVID

O ciel ! qu'allez-vous faire ?

ABISAI

A sa haine autrement tu ne peux te soustraire.
Vers la montagne, seul un sentier reste encor :
Les tribus du désert en surveillent l'abord.
Les soldats de Saül ont envahi la plaine.
Fuir, ce serait courir à ta perte certaine ;
Laisse-nous te sauver.

DAVID

Par d'injustes desseins
Les fils de Sarvia se feraient assassins !

ABISAI

Des assassins ! Celui dont l'aveugle injustice
Veut en dépit du ciel que l'innocent périsse,

Qui de verser ton sang ne se ferait qu'un jeu,
N'est plus rien qu'un tyran, qu'un ennemi de Dieu.
Mettre un terme à sa vie est un droit légitime,
Un devoir !

JOAB

L'épargner serait commettre un crime.
Il est temps. Hâtons-nous !

DAVID

Arrêtez !... Quoi tous deux
Rebelles à ma voix ?... Arrêtez ! je le veux,
Je l'ordonne. Insensés ! son titre le protége.
Pour lever contre lui votre bras sacrilège,
Pour profaner son front que Dieu même a sacré,
Il faudra me combattre aussi : Je l'ai juré.
Je vais ouvrir le champ à votre ardent courage :
Vers ces monts escarpés ouvrez-nous un passage.
Ecoutez : c'est vous seul que les traîtres ont vus ;
Sur ma retraite ils n'ont que des soupçons confus ;
En vous voyant ailleurs diriger votre fuite,
Sur vos traces Saül hâtera sa poursuite,
Ét vous m'aurez sauvé. Nul n'en veut à vos jours.

JOAB

Qu'importe !... Mais sans nous tu seras sans secours.

ABISAI

T'abandonner ici sans aide ! Ah ! je le jure,
Cela ne sera pas, non !

DAVID

Je vous en conjure !
Vous hésitez ?... Eh bien ! c'est un ordre précis :
Partez, retirez-vous... Etes-vous mes amis ?

JOAB

Tu le veux ?

DAVID

Je l'exige.

ABISAI

Avec toi, pour défense,
Qui gardes-tu, David ?

DAVID

Ami, la Providence.

ABISAI ET JOAB

Adieu donc !

DAVID

Au revoir !

SCÈNE V

DAVID

Comme ils sont généreux !
Pour les tromper, il faut leur montrer à tous deux
Des périls à braver, des services à rendre.
Leur dévouement les sauve. En croyant me défendre,
Ils pourront échapper aux mains des ennemis ;
Ma présence auprès d'eux les aurait compromis.
Qu'entends-je ? Il était temps. A travers le feuillage
Je vois briller le fer. Dans cet antre sauvage
Fuyons pour quelque temps. On vient de toutes parts !...
Mon Dieu ! Je t'appartiens, aveugle leurs regards :
Désormais mon salut est dans ta main divine.
Les voici... ce sont eux !...

                    (*Il disparaît.*)

SCÈNE VI

SAUL, NATHAEL, SOLDATS, SERVITEURS

SAUL

Halte ! cette colline,
A nos pas fatigués des sables du désert,
Offre un tranquille abri sous ce feuillage vert.
Qu'on suspende ma tente à ce frais sycomore.
J'ai besoin de repos... et la soif me dévore...

*(Les serviteurs posent leurs fardeaux, suspendent aux branches
du sycomore une large tenture de pourpre, et disposent des
coussins et une peau de lion sur le sol. Pendant cette scène,
ils vont et viennent, les soldats s'asseyent par groupe. Nathaël
surveille les préparatifs.)*

SAUL (continue en s'avançant sur le devant de la scène)

Moins ardente pourtant que ma haine !... Aujourd'hui
Du moins je vais enfin la satisfaire ! Et lui,
David, il est perdu ! Cette fois son audace
Ne le sauvera pas. Abner est sur sa trace.
Des pâtres du pays ont découvert ses pas,
Les sentiers sont gardés... il n'échappera pas ;
Dès longtemps de ses jours j'aurais été le maître,
Si déjà dans Nobé quelque rebelle... un traître
N'eût protégé ses jours... Si je le connaissais !...
Mais on peut oublier les insuccès passés,
Toutes les trahisons, et prendre patience,   [geance.
Quand le triomphe est proche et qu'on tient la ven-

*(Il va s'asseoir au pied du sycomore sous la tenture
qu'on y a suspendue.)*

Une marche rapide en ces pays brûlants
Et cet ardent soleil m'ont épuisé... Je sens

Comme un torrent de feu circuler dans mes veines.
Nathaël, en ces lieux n'est-il point de fontaines ?

NATHAEL

Seigneur, tout le pays est aride et sans eau.
L'onde dont la fraîcheur embellit ce coteau,
Ne fuit pas au dehors et se cache sous terre.

SAUL

La haine au moins distrait, si la fatigue altère.
Où donc est Jonathas ?

NATHAEL

En arrivant ici,
Je l'ai vu s'éloigner vers ces roches.

SAUL

Ainsi
Ce fils dont un maudit m'a ravi la tendresse,
Ce fils toujours ingrat m'oublie et me délaisse !
Ah ! sans doute, voyant qu'il n'a pu me fléchir,
Pour sauver son David, il cherche à me trahir !
Tes efforts insensés seront vains, je l'espère,
Mauvais fils !

NATHAEL

Le voici.

SCÈNE VII

LES MÊMES, JONATHAS

SAUL

D'où venez-vous ?

JONATHAS

Mon père,
Avec cette eau ta soif peut enfin s'étancher.
Au revers du coteau, dans le creux d'un rocher,
L'onde fraîche jaillit et lentement dégoutte.
Un soldat m'a prêté son casque, et, goutte à goutte
J'ai pu la recueillir. Pauvre père, à ton front
La sueur perle encor.

SAUL

(à part) Son amour me confond !
Et moi qui t'accusais, cher enfant, quelle injure !

JONATHAS

Dans la coupe du roi versez cette onde pure,
Nathaël.

(A part, pendant que Nathaël présente la coupe à Saul.)

Vains efforts ! Je n'ai pu découvrir
La trace de David ! Comment le secourir ?
Sauve mon père, ô Dieu, d'un malheur et d'un crime.

SAUL

Je renais !... La fraîcheur de cette eau me ranime...
Viens, mon fils, près de moi te reposer un peu...
A mes pieds... Mais quelqu'un s'achemine en ce lieu...

NATHAEL

Doëg l'Iduméen.

SAUL

Doëg!... C'est un fidèle!...

JONATHAS (à part)

Un ennemi de plus!...

SCÈNE VIII

LES MÊMES, DOEG

SAUL

Eh bien ! quelle nouvelle
As-tu, bon serviteur, recueillie en chemin ?

DOEG

J'arrive du pays des fils de Benjamin,
Et j'étais dans Nobé, la cité lévitique,
Quand David. .

SAUL

Tu l'as-vu ?

DOEG

Ce peuple fanatique
Comme un élu de Dieu l'a reçu dans ses murs ;
Jamais il ne trouva de partisans plus sûrs.
Il était fugitif, mais chacun dans la ville
Se disputait l'honneur de lui donner asile ;
Par la soif et la faim il était dévoré,
Le vieil Achimélech avec le pain sacré
A nourri sa détresse ; il était sans épée,
Le vieillard dans sa main a mis la mieux trempée,

Celle de Goliath, et, quand il est parti,
Pour escorter ses pas tout le peuple est sorti.
Il est vrai, par la ruse il les fit ses complices :
Il les avait trompés...

SAUL

Qu'importe !... Quels supplices
Pourraient...! mais à quoi bon ? Leur David est perdu,
Les pâtres du désert à mes mains l'ont vendu ;
Abner le suit de près ! J'entends du bruit... Ecoute :
C'est une troupe armée. On l'amène sans doute.
Ma lance ! Devant moi je veux le voir pâlir.

JONATHAS

Mon père !

SAUL

Ecarte-toi ! Cesse de t'avilir
Par ta pitié coupable. Ah ! quelle horrible joie !
Eveille-toi, vengeance ! on te conduit ta proie...

SCÈNE IX

LES MÊMES, ABNER, QUELQUES SOLDATS

*(Ils entrent silencieux, la tête basse... Saül les regarde
avec colère.)*

SAUL

Eh bien ? où donc est-il ?... Quoi ! m'avez-vous trompé ?
Réponds, Abner, réponds, traître.

ABNER

Il s'est échappé !

JONATHAS (à part)

O Dieu bon !...

SAUL

Qu'as-tu dit ? Echappé, misérable !...
Et moi qui me flattais dans ma haine implacable,
De l'avoir en mes mains ! qui préparais mes coups !...
Quelle risée !... Allez ! vous me trahissez tous !. .
O fureur ! ô tourments !... Compter sur la vengeance,
La toucher, la tenir, et dans son impuissance
Retomber tout à coup !... ô désespoir affreux !...
Réponds, réponds, Abner, et dis-moi, malheureux,
Quelle fatale erreur ou quel excès d'audace
A pu si promptement vous dérober sa trace ?

ABNER

Pour te servir, ô roi, nous n'avons rien omis ;
Mais David a partout de vigilants amis.
Sans doute, en temps utile il a su notre approche.
A nos cœurs dévoués n'en fais pas de reproche.
Vers les sentiers des monts, pour en garder l'abord,
A pas précipités nous marchions ; vain effort !
Au premier défilé nous arrivions à peine,
Quand, fuyant loin de nous, sur la cime prochaine,
Et déjà hors d'atteinte, à nos yeux consternés
Ont paru deux guerriers. Ils se sont retournés
A nos cris de fureur, et j'ai pu reconnaître,
Aux feux du jour mourant et prêt à disparaître,
Les fils de Sarvia !

SAUL

Misérables !

ABNER

L'un d'eux,
Joab, nous défiant par un geste orgueilleux,

Nous a crié de loin d'une voix insultante :
« Insensés ! Nous narguons votre rage impuissante ;
« Vous poursuivez David : David se rit de vous.
« Atteins-nous, si tu veux, Abner. Il n'est plus avec
« Adieu ! Dis à Saül que sa poursuite est vaine. » [nous.
Puis ils ont disparu...

SAUL

Eh bien ! du moins ma haine
Sur d'autres tombera... Puisque David a fui,
Ceux qui l'ont protégé m'en répondront pour lui :
Je noirai mon dépit dans leur sang et leurs larmes.
Ecoute, Nathaël.

NATHAEL

Me voici.

SAUL

Prends tes armes ;
Va, choisis à ton gré mille hommes dans mon camp ;
Tu les commanderas. Conduis-les sur le champ
Sous les murs de Nobé ; pénètre dans la place,
Et sur les habitants, sur tous, faites main basse.
Pillez, portez le fer, le feu de toutes parts,
N'épargnez rien : frappez les enfants, les vieillards,
Et brûlez jusqu'au sol ce repaire de traîtres.
Sans attendre le jour, pars.

NATHAEL

Mais ce sont des prêtres.

SAUL

Des prêtres ? Que m'importe ! Ils ont bravé leur roi :
Ce sont des révoltés ! Va, cours et venge-moi !

NATHAEL

Sur une ville entière où nul ne fut coupable ?
Sur des prêtres sacrés, dont la main vénérable
Fait monter l'encens pur vers le Dieu trois fois saint ?
Je ne puis. Nathaël n'est pas un assassin.

SAUL

Eh quoi ! lâche !... En tes mains j'avais mis cette épée...

NATHAEL (tirant son épée)

Au sang des Philistins je l'ai souvent trempée ;
Mais s'il faut aujourd'hui massacrer des enfants,
Des vieillards, la voici, Saül, je te la rends !

(Il jette son épée au pied du roi.)

Pour un roi contre Dieu je ne veux pas combattre.

SAUL

Quelle audace insolente ! Ah ! Je saurai l'abattre...
Qu'on l'enchaîne à l'instant !

ABNER

Prince, dans ta fureur
Tu punis en aveugle un loyal serviteur.

SAUL

Quoi donc ! Abner aussi, faut-il qu'il m'abandonne ?

ABNER

Tu me connais trop bien pour... je suis franc, pardonne ;
Jusqu'au dernier soupir sous toi nous combattrons ;
Contre tes ennemis partout nous te suivrons ;
Mais quand dans l'intérêt d'une injuste vengeance,
Il faudra les tirer pour punir l'innocence,
Nos glaives sans frapper resteront aux fourreaux :
Nous sommes tes soldats et non pas tes bourreaux.

SAUL

Ah ! les vaillants soldats ! Non, sur un si grand nombre,
Pas un homme de cœur ! Ils ont tous peur d'une ombre,
N'importe, quand moi-même il faudrait m'en charger
Je veux qu'ils soient punis !

DOEG

Seigneur, quoique étranger,
J'irai, moi, si tu veux. Sorti de l'Idumée,
Au culte du soleil ma race fut formée,
Mon glaive t'appartient en tout temps, en tout lieu :
Et que me fait Nobé, ses prêtres et leur Dieu ?
Commande : j'obéis !

SAUL

Enfin ! Je trouve un homme...

(Regardant Abner et Nathaël avec mépris.)

Un pâtre Iduméen ! Viens, Doëg : Je te nomme
Mon premier écuyer ! Tu sais ma volonté,
Va donc ; que sans retard tout soit exécuté.

DOEG

Je pars : jamais mon bras n'a fait mentir ma bouche.
Adieu !

SCÈNE X

LES MÊMES, MOINS DOEG

JONATHAS

Livrer aux mains de ce soldat farouche...

SAUL

Tais-toi !

ABNER

Ton écuyer ! lui ! cet incirconcis !...

SAUL

Taisez-vous ! Résister à mes ordres précis,
C'est donc trop peu pour vous ? Quand dans mes infor-
Je trouve un bras ami, vos leçons importunes   [tunes
Me troubleront encor ! Non, je n'écoute plus
Vos plaintes, vos avis, vos conseils superflus...

*(Un silence; son regard se fixe ; il. fait le geste
d'écarter un objet effrayant.)*

Des plaintes !... Des conseils !... Dans le mal qui m'op-
                                              [presse,
Ce qu'il faut à mon cœur, c'est un peu de tendresse.
Ah ! tant d'émotions me brisent !

JONATHAS

                              N'as-tu pas
Près de toi, pour t'aimer, ton fils, ton Jonathas.

SAUL .

Jonathas !... oui, c'est vrai... que ton amour m'est
                                        [doux !...

(Il le repousse brusquement).

Mais tu l'aimes... va-t'en... va-t'en !... Eloignez-vous !...
Laissez-moi seul...

*(Tous s'écartent lentement, Jonathas s'arrête et reste
à quelques pas.)*

                    Je sens... Je sens... Quelle souffrance !
Mon esprit s'égarer !... Peut-être le silence,
Le calme de la nuit m'apaiseront... Du moins
Mes transports furieux n'auront pas de témoins !...

JONATHAS (se rapprochant)

Père... si tu voulais ?...

SAUL (durement)

Retire-toi, te dis-je.

SCÈNE XI

SAUL (seul)

(Il passe la main sur son front.)

Je sens déjà comme un affreux vertige...
Où suis-je ?... Je voulais être seul... suis-je seul ?.....
Qui donc peuple cette ombre où mes regards se plon-
    Le cadavre dans son linceul   [gent ?...
    Ne sent pas les vers qui le rongent !
    Ils sont insensibles, les morts !
Et moi ! l'Esprit du mal, la haine, le remords...

(Il se retourne brusquement avec effroi.)

    Eh bien ! pourquoi quitter ta tombe,
    Samuel ? Que veux-tu ?
Et toi, funeste Agag ?... Ah ! que sur toi retombe
    Le naufrage de ma vertu !...
    Fuyez ! fuyez, hideux fantômes...
    Oh !... Pourquoi donc ai-je régné ?
    Le plus opulent des royaumes
Ne peut payer les pleurs dont mon âme a saigné !...
Cis, mon père, je vois ta paisible vieillesse,
L'humble et tranquille toit où tu t'es endormi.
Que n'ai-je achevé là ma pieuse jeunesse,
Sans couronne... et sans ennemi !

(Un silence).

Mais quoi ! des regrets ? quoi ! des craintes ?...
Je ne suis pas encor vaincu !
Arrière les remords, les plaintes !
Au bonheur, la fierté du moins a survécu.
La fierté sans faiblesse !
Contre le ciel mon front inflexible se dresse.
Je veux garder mon sceptre d'or :
Malheur à qui voudra le prendre ;
Pour le défendre,
Je sémerai partout la mort.
La mort à toi, David ! Je trouverai ta trace.
La mort à tous ceux dont l'audace
Osa te prêter un appui...
Frappe, Doëg !... Egorge en foule,
Du sang, des morts !...

(croyant voir David.)

Est-ce bien lui ?
Tiens ! perfide, reçois ce coup !... Ah ! ton sang coule...
Je suis vengé !... ton dernier jour a lui !
Tiens !...

Revenant à lui).

Insensé ! je n'ai frappé que l'ombre...
Combien autour de moi tout est devenu sombre !...
Je suis brisé !...

(Il tombe sur les coussins sous la tente, puis se relève à demi.)

Non ! non ! point de sommeil...
Au cœur qui fuit son Dieu le sommeil est terrible !...

(Luttant contre le sommeil.)

Je veux... Je veux... C'est impossible,
Je ne puis...

(Il retombe et s'assoupit par degré.)

Jonathas !... Abner... Repos horrible !

5

(Long silence, voix éteinte.)

Doëg ! Apporte-moi sa tête à mon réveil...

*(Il s'endort, mais s'agite dans son sommeil. Un silence. La lune
se lève ; un rayon frappe l'ouverture de la caverne et montre
David debout sur le seuil, l'épée à la main... il s'avance lentement vers Saul.)*

SCÈNE XII

DAVID, SAUL (endormi)

DAVID

Joab avait raison, l'épargner est un crime.
Le voilà donc ce roi qui me veut pour victime,
Celui dont la fureur a condamné les saints ;
Tout un peuple à la fois !... des prêtres !... Dans mes
Le glaive tremblerait pour en faire justice !   [mains
Dieu me le livre encor : c'est donc pour qu'il périsse.
Sur les monts d'Engaddi, sans gardes, sans secours,
Je l'eus en mon pouvoir ; je respectai ses jours :
Il n'en voulait qu'à moi. Mais aujourd'hui sa haine
Sur des vieillards sacrés, des enfants se déchaîne.
O Saül ! c'est assez. Ton titre est profané,
Le châtiment s'avance et Dieu t'a condamné...

(Il fait un pas vers Saul, puis s'arrête.)

Qui me l'a dit ?... Ce front où coula l'huile sainte,
Où le doigt du Très-Haut a marqué son empreinte,
J'oserais le frapper ! Moi David ! De quel droit ?
C'est toi qui l'as choisi, c'est toi qui l'as fait roi,
O Dieu, ta volonté suffit à sa défense.
Garde, garde le soin de juger son offense,
De punir, s'il le faut, sa haine et ses forfaits.
Glaive, rentre au fourreau ! Toi, Saül, dors en paix !

Si tu l'avais voulu, non, ton âme royale
N'aurait jamais trouvé d'amitié plus loyale ;
Mes chants, mon bras, mon cœur t'auraient appartenu...
Je l'avais espéré... Qu'êtes-vous devenu,
Rêve insensé d'un jour ?... S'il était temps encore ?
S'il savait qu'aujourd'hui ce David qu'il abhorre,
Une seconde fois fut maître de ses jours,
Que ferait-il ? Qui sait ?

SAUL

David ! à mon secours !...

DAVID

Il m'appelle : approchons... Oh ! quel spectacle horri-
Quel effrayant repos, et quel sommeil pénible ! [ble !
Que le remords est lourd au cœur coupable !...

SAUL

Eh bien ?
Ta harpe !... (Riant) Ha ! Ha ! Ha ! ta tête m'appartient.

DAVID

Toujours la haine au cœur !... La vengeance en ses
Oh ! comme il doit souffrir !   [rêves :

SAUL

Ecartez donc ces glaives !
C'est lui qu'il faut frapper... lui, cet affreux serpent !...
Voyez !... il se rapproche... il se dresse... sa dent
Me mord et me déchire !... Il s'appelle la haine...
Il s'appelle David aussi...

DAVID

Dieu ! quelle chaîne
Etreint ce pauvre cœur ! Oh ! juste ciel, je sens
Une immense pitié.

SAUL

> Qu'ils sont doux tes accents,
> O mon David !

DAVID

> Seigneur ! Si je te fus fidèle,
> Ah ! laisse à son âme rebelle
> Un peu de paisible sommeil.
> Oublie un moment son offense ;
> Qu'il trouve, au lieu de la vengeance,
> Le repentir à son réveil !
> *(Saül se calme, ses traits se détendent.)*

SAUL

> Ah ! Je repose enfin... Vous, ne m'éveillez pas !...

DUO

SAUL

> Prenez garde, parlez plus bas...
> Qu'aucun de vous ne me réveille.
> Point de bruit... mon âme sommeille :
> Je dors, oh ! ne m'éveillez pas !

DAVID

> Point de bruit !... Je retiens mes pas !...
> Oh ! ne crains point que je t'éveille.
> Sous mes yeux, doucement sommeille :
> Dors, Saül ! ne t'éveille pas !...
> *(Long silence).*

> Le temps fuit cependant ; déjà la nuit s'avance.
> Retirons-nous... Prenons cette coupe et sa lance,
> Et quand à son réveil se voyant désarmé,
> Alors... Pourquoi plus tard ? son transport est calmé,

Il est seul ; il croyait dans son rêve m'entendre
Chanter auprès de lui... Parlons sans plus attendre.
Je veux encor tenter pour la dernière fois
Si du pardon Saül peut écouter la voix.
Saül, éveille-toi ! Saül, ma voix t'appelle !

SAUL (s'éveillant en sursaut)

Cette voix !... quoi ! David !... Ma lance, où donc est-
[elle ?
Trahison ! Trahison ! Je suis sans arme ! A moi !...

DAVID

Non, tu n'es pas trahi ; cesse de craindre, ô roi !
Ton plus humble sujet vient te demander grâce.
J'aurais pu, cette nuit, à cette même place,
Te frapper : vois ta lance et ta coupe en mes mains...
Je connaissais pourtant tes funestes desseins !
David verser ton sang ! Ah ! pour sauver ta tête,
Il donnerait le sien ! Si ta haine s'apprête
A punir le respect que t'a gardé mon bras,
        (Il fléchit le genou et lui présente la garde de son épée.)
Eh bien ! tiens mon épée... Allons, n'hésite pas !...
Prends-la !... tu la connais... Elle a sauvé ton trône !

SAUL

Celle de Goliath !... (A part) Moi ! que je lui pardonne !...
Je pourrais...

SCÈNE XIII

JONATHAS, ABNER, NATHAEL, SOLDATS

ABNER

A tes cris, roi, nous accourons tous !
Quel danger ?...

JONATHAS

Ciel ! David !

ABNER

David à tes genoux !
Son épée en ta main ?... Ta lance git à terre ?

SAUL (à part)

Ah ! Si j'osais !... Cédons.

ABNER

Quel est donc ce mystère ?

JONATHAS

Oh ! moi je comprends tout !

SAUL

David, tu m'as vaincu !
A ton premier bienfait ma haine a survécu :
Ta générosité la réduit au silence.
Debout ! Tiens ton épée. Apportez-moi ma lance.
J'en voulais à tes jours : tu m'as laissé les miens ;
Mais vois : en ce moment, David, tu m'appartiens.
A mon tour je t'épargne, envers toi je m'acquitte.
Sois libre ; dès ce jour je cesse ma poursuite.
Adieu ! L'aube blanchit, nous partons. Nathaël,
Dispose tout.

DAVID

O roi, que le Dieu d'Israël
A ton loyal pardon donne sa récompense !

JONATHAS

David ! tu reviendras près de nous ? (à Saül) Ta clémence
Me comble de bonheur, ô mon père !... Ta main,
Oui, je veux la baiser.

SAUL

Tu pourras en chemin
Me témoigner, mon fils, tes transports d'allégresse.
Abner, suivez mes pas ?
                                        (Il s'éloigne.)

JONATHAS

Pas un mot de tendresse !

(Vers la fin de la scène, des serviteurs dirigés par Nathaël
replient la tente et les coussins et font les préparatifs du
départ. Ils restent en scène après la sortie de Saül.)

SCÈNE XIV

DAVID, JONATHAS, NATHAEL, SERVITEURS

DAVID (à part)

Vain espoir ! il s'éloigne et n'a pas pardonné.

JONATHAS

O mon David ! enfin me sera-t-il donné
De compter avec toi sur des jours plus tranquilles ?
Le roi s'est apaisé. Viens.

DAVID

Efforts inutiles !

Ton père au fond du cœur garde tout son courroux.
Ne l'as-tu pas compris?... Il m'eut été si doux
De voir sa main vers moi loyalement se tendre
Pour me serrer la main, et surtout de l'entendre
Me dire en souriant : « David, soyons amis ! »
Il est resté glacé... Dieu ne l'a pas permis !...

JONATHAS

Oh !... que dis-tu ?...

NATHAEL (s'approchant)

David a raison Cet asile
Lui-même n'est plus sûr : mais la fuite est facile.
Dieu te garde, David ! Plus tard, roi d'Israël,
Tu te rappelleras le nom de Nathaël.

(Il sort avec les serviteurs.)

SCÈNE XV

DAVID, JONATHAS

JONATHAS

C'en est donc fait déjà de ma joie éphémère !
A peine réunis, se fuir !... Que vas-tu faire,
Ami ?

DAVID

Je vais gagner le pays Philistin.
Les pâtres du désert m'ont vendu !... Le matin
Ne me trouvera plus dans cet antre sauvage.

JONATHAS

Et quand reviendras-tu ?...

DAVID

Quand Dieu voudra. Courage !

JONATHAS

Pour moi, plus de bonheur ici-bas désormais !...

DAVID

Que nos deux cœurs du moins ne se quittent jamais !
Je pars. Adieu !

JONATHAS

David !

DAVID

Jonathas !

JONATHAS

O mon frère !
Il faut donc nous quitter !

DAVID

Triste départ !...

JONATHAS

Espère ;
Du haut du ciel, ami, Dieu veillera sur toi...
Et tu gardes toujours un ami près du roi.

DAVID

Nous serons séparés ! Vainement l'espérance
Devance l'avenir et franchit la distance :
Tu seras loin de moi, nous ne nous verrons plus !

JONATHAS

Hélas !...

DAVID

Pourquoi se perdre en regrets superflus ?
Adieu ! Des feux du jour l'orient se colore.

DUO

DAVID

Adieu ! déjà voici l'aurore ;
Je pars pour un pays lointain.
Ah ! du moins qu'une fois encore
Ma main puisse presser ta main !

JONATHAS

Tu vas partir ! déjà l'aurore
Hélas ! précipite tes pas !...
Ah ! du moins une fois encore
Je veux te serrer dans mes bras !

(*Ensemble.*)

JONATHAS

Adieu ! compte sur ma tendresse,
Je remplirai ton dernier vœu.
Tu t'éloignes, mais je t'adresse
D'ici même un touchant adieu...
Adieu ! Adieu !

DAVID (en s'éloignant)

Adieu ! garde-moi ta tendresse,
De David c'est le dernier vœu.
Je m'éloigne, mais je t'adresse
En partant un touchant adieu.
Adieu ! Adieu !

JONATHAS

Sur lui veillez, anges fidèles,
Guidez ses pas sous le ciel bleu,
Echo ! porte-lui sur tes ailes,
Porte-lui mon dernier adieu.
Adieu ! Adieu !

DAVID (au lointain)

Sois-moi fidèle...
Sous le ciel bleu,
Echo, sur ton aile,
Porte-lui mon adieu.
    Adieu ! Adieu !

FIN DU DEUXIÈME ACTE

ACTE TROISIÈME

LE CHATIMENT

La caverne de la Pythonisse d'Endor. Sur un des côtés de la
scène, on aperçoit un coin de campagne.

SCÈNE I

SAUL, ABNER, NATHAEL

SAUL

Arrêtons. C'est ici qu'habite l'étrangère.
Aucun bruit... Tout se tait... Cet antre solitaire
Paraît abandonné.

ABNER

Maître, si tu le veux,
Je vais en parcourir les replis ténébreux.

SAUL

Va, mon fidèle ami.

(Abner disparaît dans la caverne.)

SCÈNE II

SAUL, NATHAEL

SAUL

Toi, Nathaël, écoute :
Sans m'attendre, tu vas retourner sur ta route.
Redescends dans la plaine où dorment les deux camps ;
Et quand les Philistins disposeront leurs rangs,

Par tes soins que l'armée à combattre s'apprête.
Tu me verras à temps m'élancer à sa tête.
Pars, il suffit d'Abner pour rester près de moi.

(Il s'éloigne.)

SCÈNE III

SAUL (seul)

Je ne puis étouffer un sentiment d'effroi.
C'est enfin, je le sens, la fatale journée
Où se va d'un seul coup régler ma destinée.
La perte ou le salut ?... Le naufrage ou le port ?...
Je le saurai bientôt. Quelques instants encor
Et l'enfer me dira, puisque Dieu veut se taire,
Si, dans ce grand combat qui va finir la guerre,
Je dois vaincre ou périr, et si David enfin,
Puisqu'il a pu quitter le camp du Philistin,
Echappera toujours aux traits de ma puissance.
Oh ! comme je te hais ! David ! Si la vengeance
Ne dévorait mon cœur, oserais-je en ce lieu
Pour consulter l'Enfer abandonner mon Dieu ?

SCÈNE IV

SAUL, ABNER

ABNER

Vainement j'ai sondé ces cavernes profondes :
Pas un être vivant. Quelques débris immondes,
Des trépieds tout noircis, des ossements humains.....
Mais l'hôte redouté de ces lieux souterrains
A quitté sa lugubre et sauvage demeure.

SAUL

Nous attendrons, Abner. Le jour vient : voici l'heure
Qui le ramènera dans son obscur réduit ;
Ces êtres ténébreux ne sortent que la nuit.

ABNER

O mon roi ! Veux-tu suivre un conseil salutaire ?

SAUL

Laisse mon titre, ami. Respecte le mystère
Sous lequel j'ai voulu cacher la royauté.
J'ai proscrit les devins, et si ma dignité
Venait à se trahir ici par quelque indice,
Mon nom seul ferait fuir au loin la pythonisse.
Achève maintenant : ton conseil, quel est-il ?

ABNER

De retourner au camp. En face du péril,
Au milieu des combats, mon cœur reste sans crainte ;
Mais à la loi de Dieu s'il faut porter atteinte,
Je tremble, le remords fait hésiter mon bras ;
J'ai peur de Dieu. Crois-moi, retourne sur tes pas ;
Cesse de t'obstiner à courir à ta perte,
Et puisque en ce moment la caverne est déserte,
C'est un avis du ciel : fuyons, car son courroux
Va peut-être lancer le châtiment sur nous.

SAUL

Et n'a-t-il pas frappé depuis longtemps ma tête ?
Que craindrais-je de plus ? La mort ? Je la souhaite.
Je ne redoute pas le sommeil des tombeaux ;
La mort en me frappant finira tous mes maux.

ABNER

Oui ; mais après la mort, Dieu garde sa justice.

SAUL

Eh bien ! que mon destin quel qu'il soit s'accomplisse !
La crainte ne saurait abattre ma fierté.
S'il m'avait répondu quand je l'ai consulté,
Viendrais-je interroger ces misérables êtres
Que mes justes édits proscrivaient ? Mais ses prêtres
Ses voyants, dont les yeux lisent dans l'avenir,
Ils sont restés muets. Oui, je veux en finir !
Puisque comme un maudit Jéhovah me rejette,
Puisqu'il n'est plus pour moi ni songe ni prophète,
Sur mon front foudroyé dût tomber l'univers,
Pour savoir l'avenir j'irai jusqu'aux enfers.
J'invoquerai Satan pour servir ma vengeance !

ABNER

Tu seras satisfait : c'est elle qui s'avance.

(à part.)

Ah ! quel fantôme affreux !

SCÈNE V

Les mêmes, LA PYTHONISSE

(Elle s'arrête à quelques pas, indécise et effrayée. Son bras
gauche entouré d'un serpent, tient dans un pan de son man-
teau relevé un paquet d'herbes magiques. Saül et Abner la
regardent avec effroi.)

LA PYTHONISSE (ne voyant d'abord que Saül)

Quel est cet étranger ?...

Que veut-il ?...

(Apercevant Abner.)

Ils sont deux...

(Elle fait un mouvement comme pour fuir.)

SAUL

Arrête! Aucun danger
Ne menace tes jours, vénérable prêtresse.
On dit que l'avenir dévoile à ta sagesse
Les plus secrets replis, que ton trépied sacré
Fait sortir du tombeau les ombres à ton gré.
Tu vois devant tes yeux un malheureux qui souffre.
Sous mes pas chancelants je sens s'ouvrir un gouffre,
Et je viens de ton art implorer la vertu
Pour en sonder le fond. Parle!

LA PYTHONISSE

Étranger, sais-tu
Que Saül a proscrit devins et pythonisses?
Il a versé leur sang. Apprends que leurs complices,
Ceux qui les font parler, s'exposent à leur sort.
Viens-tu pour me tenter ou pour braver la mort,
Imprudent?

SAUL

Ne crains rien. Engagé dans la guerre,
A punir les dèvins Saül ne songe guère.
Ni mon ami, ni moi ne serons indiscrets,
Et tu peux à nos yeux dévoiler tes secrets.
S'il te faut un serment.....

LA PYTHONISSE (qui a considéré Saül avec attention)

Des serments? Que m'importe?
La bouche les prononce et le vent les emporte,
Je n'en ai pas besoin. Je vois dans ton regard
Quelque chose de dur, de hautain, de hagard.

Moi, je lis dans ses yeux les passions d'un homme.
La tienne, je la sais; faut-il que je la nomme?
La haine!... Il me suffit, tu ne me vendras pas,
Et je vais devant toi rappeler du trépas
Les ombres du passé, dont les voix funéraires
Pourront de l'avenir te livrer les mystères.

(Elle va déposer son paquet d'herbes sur lequel elle déroule le
serpent, en disant):

Toi, garde ce dépôt.

(Revenant vers Saül)

        Maintenant, réponds-moi:
Es-tu juif ou gentil?

SAUL

        Prophètesse, pourquoi
Poser des questions quand tu devrais répondre?

LA PYTHONISSE

Avec un juif fidèle on ne peut te confondre,
C'est vrai. Quel est ton Dieu? Baal ou Jéhovah?

SAUL

Jéhovah!... oui, jadis... Mais il me réprouva.

LA PYTHONISSE

C'est bien! Moi je le hais. Une âme vertueuse
N'oserait affronter cette demeure affreuse.
Oui, plus je t'envisage et mieux je reconnais
Des traits que la vertu jadis a couronnés.

(Posant la main sur le front de Saül)

Un beau front!... sur lequel elle s'est effacée!

SAUL (reculant)

Prends garde, Pythonisse... ôte ta main glacée!

6

LA PYTHONISSE

J'aime cette colère et ce regard altier.
L'enfer, pour t'obéir, sortirait tout entier!
Je commence à l'instant.

(*Elle fait des préparatifs, dispose son trépied, ses herbes, etc.
Saül et Abner restent sur le devant de la scène*)

ABNER (effrayé)

Prince, voici l'aurore;
Fuyons loin de ces lieux, nous le pouvons encore.

SAUL

Non! Je l'ai résolu, j'irai jusques au bout!

ABNER

Tu trembles cependant.

SAUL

Eh! qu'importe après tout?
Ce que je veux savoir, je le saurai, du moins.
Retire-toi, je veux demeurer sans témoins,
Car il est des secrets que seul je dois connaître,

ABNER

C'est bien. A quelques pas je t'attendrai, mon maître.

(*Il sort.*)

SCÈNE VI

SAUL, LA PYTHONISSE

LA PYTHONISSE

Le trépied infernal est prêt à s'allumer.
Viens. Ne sors pas du cercle où je vais t'enfermer;
Contre l'enfer entier il te met à l'abri.

SAUL

Femme, j'obéirai.

LA PYTHONISSE

D'un seul mot, d'un seul cri
Garde-toi de troubler le chant que je commence.
Je t'interrogerai quand il faudra. Silence!

EVOCATION

(*La Pythonisse trace un cercle autour d'elle, puis se tournant successivement vers les quatre points cardinaux*) :

Orient! Occident! Midi! Septentrion!
Des quatre coins du monde
Accourez tous, esprits! Astaroth! Orion!
J'appelle vos noires phalanges,
J'appelle les ombres étranges
De l'infernale légion!

Lune! par ton disque éclatant;
Tombeau! par tes mornes squelettes;
Par les sept chaînes de Satan,
Par les sept orbes des planètes,
Que les sept portes de l'enfer
Ouvrent leurs sept battants de fer!

Ouvrez-vous! Ouvrez-vous! Ouvrez-vous! je l'or-
[donne!
     Maudits! accourez tous sans choix.

(On entend d'affreux gémissements, puis un coup de tonnerre.)

C'est fait! Je les entends gémir. Bien. Le ciel tonne,
C'est le signal. Venez, répondez à ma voix.

CHŒUR INFERNAL

*(Des serpents de feu courent sur les parois de la caverne, la
flamme s'allume dans le trépied... On entend de tous côtés des
gémissements confus mêlés d'éclats de rires stridents.)*

          Quittant la nuit profonde,
          Des quatre coins du monde,
          Sorcière, nous voici!
          Par tes clameurs funèbres,
          Pourquoi de nos ténèbres
          Nous appeler ici?
          Nous voici! Nous voici!

        C'est nous! entends nos rires
        De tous côtés grincer dans l'air!
    Nous sommes tous sortis des ombres de l'enfer;
        Larves, démons, lutins, vampires,
    De notre vol impur le ciel est obscurci.
          Nous voici! Nous voici!

LA PYTHONISSE

Taisez-vous, il suffit. Attendez en silence
Que j'appelle un de vous.
                              (Eclat de rire.)
             Eh bien! quelle insolence!

Qui donc a pu braver mon ordre exprès?...

(*Nouvel éclat de rire.*)

            Encor!

Obéissez, maudits! ou bien, par Belphégor!...
Oser vous révolter lorsque ma voix ordonne!
Je l'ai dit: attendez!

(*A Saül.*)

         L'enfer nous environne,
Étranger, tu le vois. Tes vœux sont exaucés.
Tu peux nommer un mort dans les siècles passés,
Il paraîtra. — Comment! Tu trembles, cœur timide?
Toi qui hais, qui veux-tu? Caïn le fratricide?
Dathan le sacrilége ou bien Cham le maudit?

SAUL

Oui, d'horreur et d'effroi je demeure interdit.
Je voudrais fuir! Ma voix sur mes lèvres s'arrête!...
Moi, reculer!.....

LA PYTHONISSE

Eh bien?

SAUL

        Samuel, le prophète.

LA PYTHONISSE

Arrête! Samuel!... Qu'as-tu dit, malheureux?
Il n'est point aux enfers. Il n'est point parmi ceux
Sur qui mon art fatal étend son noir empire.
Samuel!... Mais ce nom, quel démon te l'inspire?
Trahison! Je comprends. C'est Saül! C'est le roi!
Je suis perdue. Hélas! je tremble devant toi.

SAUL

Cesse de t'émouvoir : c'est Saül qui t'implore.
Oui, j'ai voulu savoir des secrets que j'ignore.
Appelle le prophète.

LA PYTHONISSE

Evoquer Samuel !
Ah ! l'enfer tout entier répond à mon appel ;
Je parle sans trembler aux esprits de l'abîme ;
Je force à m'écouter ceux que flétrit le crime :
Ils sont tous là, ces morts que ma voix souleva.
Mais vouloir évoquer un saint de Jéhovah !...

(A ce nom, un terrible écho s'éveille dans la caverne ; de tous
côtés le nom de Jéhovah est répété par des voix épouvantées
qui vont s'éteignant de plus en plus loin.)

Entends-tu de ce Dieu la suprême puissance ?
Un seul mot est plus fort que toute ma science
Et l'enfer tout entier à ce seul nom a fui.

SAUL

Eh bien ! que ta prière ose monter vers lui.
Invoque Jéhovah ! Je le veux, pythonisse !

LA PYTHONISSE

Tu l'ordonnes, Saül ? Il faut que j'obéisse.
Mais vers le ciel mes cris s'élèveront en vain :
Rien ne saurait forcer son pouvoir souverain.
Eteignons tout d'abord cette flamme infernale.
Otons ce noir bassin, cette coupe fatale
Que les dieux souterrains avaient reçus de nous,
Et devant ce grand Dieu, tombons à deux genoux.
Jéhovah ! Dieu des Dieux, seul maître du tonnerre,
Je t'invoque humblement le front dans la poussière.

Je ne commande plus, et mon pouvoir est nul.
Permets à Samuel de répondre à Saül.
O Samuel ! entends la voix qui te réclame.
Parais. Et viens toi-même allumer cette flamme !

(La sorcière étend sa baguette sur un vase blanc qu'elle a posé sur le trépied. Au même instant brille un vif éclair et un violent coup de tonnerre ébranle la caverne... La flamme s'allume ; alors on voit l'ombre de Samuel debout au fond de la caverne.)

Ciel ! C'est lui !

SAUL (Tombant le front contre terre)

Samuel !

LA PYTHONISSE (effrayée)

Je bravais les démons ;
Mais l'ombre de ce saint me fait peur. Ah ! fuyons !

(Elle s'enfuit.)

SCÈNE VII

SAUL, L'OMBRE DE SAMUEL

L'OMBRE DE SAMUEL

Relève toi ! Dieu seul mérite qu'on l'adore.

(Saül se relève.)

Pourquoi viens-tu troubler mon repos ?

SAUL

Je t'implore,
O toi dont les conseils me guidaient autrefois.
Le désespoir m'accable, et je veux de ta voix,
Je veux savoir le sort qui m'attend.

L'OMBRE DE SAMUEL

Téméraire !
Et pour cela tu viens en ce lieu funéraire
Troubler la paix des morts jusque dans leur tombeau !

SAUL

Je l'ai fait. J'ai voulu soulever le rideau
Qui d'un sombre avenir me cache le mystère.

L'OMBRE DE SAMUEL

Insensé !... Dieu du ciel, permets-moi de me taire.
Oh ! s'il savait !...

SAUL

Quoi donc ?... Tu connais mes destins ?
Parle. Verrai-je fuir les soldats Philistins ?
Pourrai-je de David rejoindre enfin la trace,
Assouvir ma vengeance et punir son audace ?
Parle ! Je veux savoir.

L'OMBRE DE SAMUEL

Toujours le même orgueil,
Même en face des morts, même au bord du cercueil !

SAUL

J'écoute.

L'OMBE DE SAMUEL

O Dieu ! C'est toi dont le bras invisible
Est venu m'arracher à ce séjour paisible
Où, dans la paix, tes saints attendent ton grand jour.
A ses vœux imprudents que n'es-tu resté sourd !...
Mais que vois-je ? A mes yeux quel tableau se décou-
            Devant moi l'avenir s'entr'ouvre...   [vre ?

O Dieu! que de grandeur en tes desseins secrets !
David! David! ta race glorieuse
Règne déjà sur cette terre heureuse
Où vont du ciel s'épancher les bienfaits.

SAUL (avec haine)

David!...

L'OMBRE DE SAMUEL

Silence! Ah! que ta voix profane
N'arrête pas mon saint transport.
Mon âme, ainsi que l'aigle, plane
Par dessus les temps et la mort.
Sion, voci ton maître ;
Sous sa main tu vas naître,
Tu vas grandir, cité de Dieu;
Et dans les murs sacrés de sa pieuse enceinte,
De leur front dans ta poudre un jour gravant l'em-
[preinte,
Tous les peuples viendront adorer au saint lieu.
Vainement l'enfer se déchaîne :
O David! ton flambeau ne s'éteindra jamais ;
Vainement, orgueilleuse reine,
Tu t'armes d'un poignard pour aider tes forfaits !
A quoi bon tant de sang, de morts et de victimes ?
David refleurira sous tes coups impuissants :
Tu peux multiplier tes crimes :
Dieu multiplîra ses enfants,
Et sur ta tige,
Un doux prodige
Fera naître, aux jours attendus,
Un roi sans armes
Et dont les larmes,
O Jacob, sauveront tes restes confondus.

SAUL

Eh bien ! moi, de ma main...

L'OMBRE DE SAMUEL

Tes haines insensées
Ne peuvent l'arracher comme un faible arbrisseau,
Et de sa race en vain tu poursuis le berceau.
Vois-tu là-bas, perçant les vapeurs condensées,
Ce mont que le soleil touche d'un rayon d'or ?
Un jour sur cette cime,
Rayonnant d'un éclat sublime,
Son fils fera trembler les bases du Thabor.
Une gloire éternelle à ce fils est prédite :
Sur lui, tu ne peux rien !... Ecoute : un temps viendra
Qu'un vil traître, inspiré par ton ombre maudite,
A ses bourreaux le livrera.
Mais ce sera pour lui la victoire suprême,
Et désormais,
Vainqueur et triomphant de la mort elle-même,
Jésus, fils de David, régnera pour jamais !

(Un silence.)

SAUL

Mais ma race ?... Mais moi, Prophète ?...

L'OMBRE DE SAMUEL

Ame endurcie,
Tu le veux ?... A mes yeux déjà s'est obscurcie
Cette douce lumière où plongeait mon regard.
Je ne vois que la nuit... le crime... Il est trop tard !
Son âme ensevelie en d'épaisses ténèbres
Hélas ! du repentir ne sait plus le sentier...
Saül, ne sonde pas ces mystères funèbres.

SAUL

Je veux savoir mon sort, le savoir tout entier.
Le pire de mes maux, ce serait ton silence !

L'OMBRE DE SAMUEL (D'une voix terrible)

Eh bien ! du Dieu des dieux écoute la sentence.
        Voilà ce que dit le Seigneur :
Ton règne est accompli, ta race est condamnée,
        Et sur ta tête couronnée
        Descend le châtiment vengeur.
        Tu verras tes soldats en fuite
        Et tes ennemis triomphants ;
        Tu verras ta gloire détruite,
Tu verras tour à tour tomber tous tes enfants ;
        Vainement au fer des batailles
Tu voudras demander de nobles funérailles,
Nul glaive ne pourra frapper ton front pervers,
Et dans ton désespoir, pour sortir de la vie,
Toi-même de tes mains versant ton sang impie
        Jetteras ton âme aux enfers !

*(Samuel disparaît. — La flamme du trépied s'éteint et Saül
tombe sur le sol en poussant un grand cri. Abner et la Pythonisse accourent auprès de lui.)*

SCÈNE VIII

SAUL, ABNER, LA PYTHONISSE

ABNER

Reviens à toi, Saül ! Rappelle ton courage.
Abner est près de toi.

LA PYTHONISSE (Qui est allée chercher une coupe pleine)

        Seigneur, prends ce breuvage ;

Il rendra la vigueur et la vie à tes sens.

(Saül vide la coupe sans ouvrir les yeux.)

Il est sauvé ! (à Abner)
Regarde, il s'éveille.

SAUL (Revenamt à lui peu à peu.)

Je sens
Mon front brûler... Où suis-je? Abner!... La Pytho-
[nisse!...

(Il se relève.)

Je me souviens de tout. Ah! quel affreux supplice !
Que n'ai-je pu mourir ici !

LA PYTHONISSE (Aux genoux du Roi)

Pardonne-moi,
Je t'ai trop bien servi.

SAUL

Femme, relève-toi.
Prends cet or; prends. Saül pour prix de ta science
Aurait voulu t'offrir une autre récompense;
Mais Saül est maudit : voici son dernier jour.
Adieu, sombre caverne, où l'espoir sans retour
S'est éteint dans mon cœur!... Courons dans cette
[plaine
Où m'appelle aujourd'hui la mort, la mort certaine.
Redresse-toi, Saül! Trouve un orgueil nouveau.
Sachons du moins descendre en roi dans le tombeau.
Dieu! tu veux me forcer à me frapper moi-même;
Moi, je veux jusqu'au bout braver ton anathème.
Oui, je la trouverai, la mort, ô Samuel !
Et je ferai mentir les oracles du ciel !

(Il sort vivement, suivi d'Abner.)

SCÈNE IX

LA PYTHONISSE (seule)

Quel affreux désespoir! Quel horrible blasphème !
D'épouvante et d'horreur je frissonne moi-même.
Moi qui, devant l'enfer à ma voix assemblé,
Devant l'ombre des morts, n'avais jamais tremblé,
Ce maudit me fait peur... Son or? je le déteste.
Non! je ne le veux pas, il me serait funeste.

(Jetant la bourse.)

Qu'il périsse avec lui ! Mais que vois-je ? Au lointain,
Le fer des javelots brille aux feux du matin !
De sinistres clameurs emplissent la vallée;
J'entends jusques ici les bruits de la mêlée.
Ne tardons plus : « Bientôt les Philistins vainqueurs
Sur ce triste pays étendront leurs fureurs. »
Le temps presse. Qui donc vers ces lieux s'achemine?
Quoi ? Des hommes armés gravissent la colline ?
Hâtons-nous, en fuyant, d'échapper à leurs coups.

(Elle s'enfuit.)

SCÈNE X

DAVID, JOAB, ABISAI

DAVID

Sur cet âpre sommet, amis, arrêtons-nous.
D'ici notre regard peut suivre dans la plaine
Des épais bataillons la fortune incertaine.
La haine de Saül m'interdit le combat.

N'être que spectateur, quand un cœur de soldat
Bat dans votre poitrine et qu'on porte le glaive !
Que vers le ciel du moins ma prière s'élève
Seigneur ! sauve ton peuple, et perds tes ennemis !

JOAB

Qu'il perde donc Saül avec eux !

DAVID

Mes amis,
Dieu sait que pour le roi mon âme est sans colère,
Sans désir de vengeance. Ecoutez : si naguère
Du camp hospitalier des Philistins j'ai fui,
C'est que je ne pouvais combattre contre lui.
Et si Dieu l'eût permis, je courrais le défendre.

JOAB

(Il s'avance vers le devant de la scène avec David ; pendant ce
temps, Abisaï reste sur le côté, observant la bataille.)

Quoi, David, des regrets ! Je ne puis les comprendre.
Persécuté, proscrit, tu pouvais te venger ;
Avec les Philistins tu pouvais partager
L'honneur de renverser un tyran sanguinaire,
Et tu fuis !

DAVID

Dans les rangs d'une armée étrangère,
Des soldats du vrai Dieu j'aurais versé le sang !
Joab, y penses-tu ? Moi, David, m'abaissant
Jusqu'à tirer le fer pour un peuple idolâtre !
Ah ! laissons à Saül sa haine opiniâtre ;
Mais moi, je lui pardonne.

ABISAI

Entendez ces clameurs !
Quels mouvements confus ! Quelles vagues rumeurs !

DAVID (Se rapprochant d'Abisaï avec Joab)

L'œil ne peut pénétrer jusqu'au champ du carnage,
Qu'une épaisse poussière a couvert d'un nuage.
Qui l'emporte? Israël ou l'impur Philistin?
Abisaï, va, cours. Découvre le destin
Que le ciel aujourd'hui fait subir à nos armes.
Hâte-toi.

ABISAI

Sur le champ, je pars.

SCÈNE XI

DAVID, JOAB

DAVID (Revenant au milieu)

                    Quelles alarmes!
Une mortelle angoisse étreint mon cœur. Là-bas,
L'ange des morts peut-être a frappé Jonathas!

JOAB

Les combats sont peu faits pour sa tendre jeunesse.

DAVID

Mais il aime Saül d'une ardente tendresse;
Il ne le quittait plus et dans un tel danger...

JOAB

Quelqu'un accourt vers nous.

DAVID

                    Quel est cet étranger?

JOAB

Ce n'est point un soldat.

DAVID (Avec inquiétude)

　　　　　　　　　La royale couronne
Et le manteau de pourpre en ses mains ?...

SCÈNE XII

DAVID, JOAB, UN AMALÉCITE

DAVID (à l'Amalécite qui entre en courant)

　　　　　　　　　　Je l'ordonne :
Suspends ici ta course et dis-nous à l'instant...

L'AMALÉCITE

Je portais à David un message important ;
Ne me retardez plus.

DAVID

　　　　　　　A David ? C'est moi-même.
Parle donc.

L'AMALÉCITE

(Il fait le geste de se prosterner, David l'arrête)

　　　O mon roi, reçois ce diadème..,

DAVID

Moi ton roi ! Quoi ? Saül a donc été vaincu ?
Hâte toi, dis-moi tout.

L'AMALÉCITE

　　　　　　　　Saül ? Il a vécu.
Et vers toi j'accourais avec ce double gage
Déposer le premier à tes pieds mon hommage.

DAVID

Messager de malheur ! Mais tu n'es pas soldat.
Où donc, sans prendre part aux chances du combat,
As-tu pu dérober ces dépouilles sanglantes ?

L'AMALÉCITE

Jamais le fer n'avait chargé mes mains tremblantes.
Je suis un étranger, un pâtre d'Amalec.
Des Philistins vainqueurs fuyant le seul aspect
Je courais éperdu, quand, sur une éminence,
Je reconnus Saül appuyé sur sa lance,
Debout, mais impuissant. D'un geste impérieux
Il m'appela : « Blessé je ne puis fuir ces lieux, »
Dit-il, « à mon honneur je ne saurais survivre ;
Tous mes amis sont morts : je veux, je dois les suivre. »

DAVID

Tous ses amis sont morts ! Qu'as-tu dit, malheureux ?
Le corps de Jonathas a-t-il frappé tes yeux ?

L'AMALÉCITE

Le roi désespéré m'a présenté son glaive.
« Prends, a-t-il dit : mon bras me refuse la mort.
« Prends ce fer, et du moins épargne-moi le sort
« Qu'un vainqueur insolent réserve à ma défaite.
« Frappe ! » Pour obéir, j'ai fait tomber sa tête.
Ton ennemi n'est plus, et je viens devant toi

(Fléchissant le genou)

Déposer sa couronne et son sceptre, ô mon roi !
Si pour récompenser mon zèle...

DAVID

　　　　　　　　As-tu pu croire
Que David à ce point voudrait ternir sa gloire ?

7

Ah ! tu paîras bien cher ton odieux calcul.
Moi, te récompenser, meurtrier de Saül,
Qui sur son front sacré levas ta main profane !

L'AMALÉCITE

Grâce !

DAVID

Ton propre aveu te confond, te condamne.
Prends ton glaive, Joab.

L'AMALÉCITE

Oh ! je m'étais trompé.
J'espérais... Non, David, je ne l'ai pas frappé ;
Sa propre main...

DAVID

Joab, qu'attends-tu ?

JOAB (poursuivant l'Amalécite dans la coulisse).

Meurs donc, traître !

DAVID

Mais c'est Abisaï qu'enfin je vois paraître.
Il n'est pas seul. Qui donc suit ses pas ?... Nathaël !
Sur leurs bras quel fardeau portent-ils ? Dieu du ciel !
Je frissonne. Un effroi que je ne puis combattre
M'oppresse. Dans mon sein, mon cœur cesse de battre...
Horreur ! C'est lui ! Mon cœur, tu l'avais deviné !

SCÈNE XIII

(Les mêmes, Abisaï, Nathaël, quelques soldats : ils portent sur
deux lances brisées, le cadavre sanglant de Jonathas)

DAVID (Se jetant sur le corps de Jonathas)

Mort ! Mort ! mon Jonathas !

NATHAEL

Ils l'ont assassiné.

DAVID

Oh ! ces cheveux épars... ces yeux morts... ce front
Ah ! funeste journée ! Ah ! bataille fatale !   [pâle !
Comment es-tu tombé ? Dites-le moi du moins,
Vous qui de son trépas avez été témoins.

(Pendant le récit de Nathaël. David jette sur le cadavre de
Jonathas le manteau royal resté à ses pieds : il pose sur sa
poitrine le sceptre et la couronne.)

NATHAEL

Il a suivi du roi la triste destinée ;
La race de Saül par le ciel condamnée
Devait périr : Ses fils sont tous morts avec lui.
Dès le premier moment, nos bataillons ont fui.
On aurait dit que Dieu hâtait notre défaite.
Le roi voyant déjà sa ruine complète,
Egaré, frémissant, semblait à chaque pas
S'offrir à tous les coups, appeler le trépas.
Jonathas éperdu ne quittait pas son père.
J'aurais voulu sauver cette tête si chère ;
Je n'ai pas pu. Blessé, je les suivais des yeux.
Soudain, j'ai vu le fer sur Saül furieux

Se lever. De lui-même, il présentait sa tête.
Jonathas était là : il court, rien ne l'arrête.
Je l'ai vu se dresser devant le coup fatal;
J'ai vu sur son beau front le Philistin brutal
Qui laissait retomber le glaive impitoyable :
Il s'affaisse. Le roi pousse un cri lamentable.
Dans les moissons, la faux n'épargne pas les fleurs.

DAVID

O Philistins ! un jour, vous paîrez cher mes pleurs;
Achève, Nathaël, ce récit qui me navre.

NATHAEL

J'aurais voulu du moins relever son cadavre :
Un tumulte effroyable alors m'environna;
Des fuyards un moment la foule m'entraîna.
Enfin, me dégageant de l'affreuse déroute,
Je restai seul. De tous abandonné sans doute,
Je vis de loin Saül sur un tertre isolé,
Immobile, l'œil fixe et le front désolé.
Contre lui tout à coup il retourne sa lance
Et, l'appuyant au sol, sur la pointe il s'élance.
Epouvanté; je cours. Mais un lâche avant moi
Avait sans être vu pénétré jusqu'au roi,
Et laissait dépouillés ses déplorables restes.
Dieu ! tu les as remplis, tes oracles funestes !

DAVID

Le vil profanateur a subi son destin.
Il se vantait d'avoir de sa coupable main
Frappé du coup mortel Saül. Le sacrilége
Est venu se jeter lui-même dans le piége,
Et la main de Joab a puni son forfait.
Mais le corps de Saül ?

NATHAEL

L'ennemi s'avançait ;
J'ai dû fuir. Tout sanglant, je marchais avec peine,
Lorsque j'ai retrouvé, dans la sinistre plaine
Où la mort l'a frappé, le corps de Jonathas.
Enfin Abisaï guida vers toi mes pas.

DAVID

Ô Dieu ! Le sang des forts a rougi la montagne ;
Les cadavres des tiens gisent dans la campagne.
O Saül ! Jonathas ! Je pleure votre sort.
Ah ! laissez-moi chanter mon deuil et votre mort !

O monts de Gelboë ! vos sommets funéraires
    Ont vu périr ceux que j'aimais,
    Restez maudits et solitaires ;
    Oui, soyez maudits pour jamais !

    Comment ces héros intrépides
    Sous la mort se sont-ils courbés ?
    Comment, sur ces cîmes perfides,
    Comment les forts sont-ils tombés ?

    Que jamais la douce rosée
Ne féconde ces lieux témoins de mes douleurs,
    Ces lieux où mon âme brisée
    Aujourd'hui répand tant de pleurs !

    Et toi, dont la tendresse
    Eclaira ma jeunesse
    D'un rayon de bonheur,
    Jonathas, ô mon frère,
    Ton âme a fui la terre
    Pour voler au Seigneur !

Frère ! Entends-tu ma plainte ?
Oh ! ta paupière éteinte
Voile ton œil fermé.....
Adieu ! ma voix expire
Et mon cœur se déchire.
Adieu ! mon bien-aimé.

(On entend des cris qui se rapprochent de plus en plus)

Quels sont ces cris? Où court cette foule égarée ?

NATHAEL

Des habitants d'Endor c'est la troupe éplorée,
Fuyant devant le fer des Philistins vainqueurs.

DAVID

Dieu ! protége ton peuple et guéris ses malheurs.

SCÈNE XIV

Les Mêmes, TOUT LE CHŒUR

(Il se précipite en désordre sur la scène)

LE CHŒUR

Fuyons, car la tempête
A nous frapper s'apprête
Et la mort menace nos fronts.
Déjà la ville est envahie;
Pour sauver au moins notre vie,
Fuyons dans ces antres profonds

DAVID

Je sens l'esprit de Dieu qui m'inspire et m'enflamme.
Oui, pour de grands devoirs, je sens grandir mon
[âme !

NATHAEL

Autour de toi, tu vois tout ce peuple timide :
David, que désormais ton nom soit notre égide.
Oui, nous fléchissons tous le genou devant toi ;
Tous, nous te saluons pour toujours notre roi.
Que sur ton front royal repose la couronne !

DAVID

(Prenant la couronne sur le cadavre de Jonathas)

Dieu le veut ! Jonathas, ô mon ami, pardonne !
Puisse-t-elle à mon front (il la met) être un fardeau léger.

(Tirant son épée qu'il étend sur Jonathas)

Je jure sur ton corps de bientôt te venger.

    O Dieu ! bénis ce diadème ;
    Sur mon trône règne toi-même
    Et par moi protége Israël.
    Je serai toujours votre père :
    David avec un cœur sincère
    Le jure à la face du ciel.

Si j'oubliais ce vœu, que mon Dieu m'abandonne.

NATHAEL

Et nous tous, nous jurons de soutenir ton trône

CHŒUR

Nous braverons pour toi les plus sanglants hasards ;
    Prête à mourir pour ta défense,
    Nous te vouons notre vaillance
Et nous suivrons partout tes nobles étendards (1).

(1) Cette strophe est imitée d'un chœur de l'*Œdipe* de Sacchini.

Enfin, brillent des jours plus doux :
David règne sur nous ;
Dieu désormais sourit aux enfants d'Israël.
O roi, conserve la couronne
Que Dieu te donne,
Que ton règne soit éternel !

FIN DE L'ACTE III ET DERNIER

DISTRIBUTION DES ROLES

A LA

REPRÉSENTATION DU 25 JUILLET 1883

SAÜL. . . . .   Pierre LÉTANG.
JONATHAS.. . . . .   Alexis VACHER.
DAVID.. . . . .   François JOLY.
SAMUEL. . . . .   Joseph PRINCE.
L'ombre de SAMUEL. . . . . .   Joseph PRINCE.
ABNER. . . . .   Ludovic PERDRIX.
ABISAÏ. . . . .   Charles CONSTANT.
JOAB. . . . .   René de FORGES.
NATHAËL. . . . .   J.-Baptiste CLÉMENT.
La PYTHONISSE. . . . .   Joseph GOURCEROL.
Un AMALÉCITE. . . . .   Martial GLANGETAS.

MODIFICATIONS

FAITES AU DRAME DE SAÜL

A LA REPRÉSENTATION DU 25 JUILLET 1883

ACTE I, SCÈNE VIII (Page 17)

Saül, arrivé au vers :

Le châtiment affreux dont ton Dieu m'a frappé,

au lieu des 20 vers qui suivent, chante ces deux strophes de la PLAINTE DE SAUL, *de* CONCONNE :

> Pour punir mon offense,
> Un Dieu las de clémence,
> Dans mon âme en souffrance,
> Mit un tourment vengeur.
> Toujours ce rêve sombre,
> Toujours cette même ombre
> Et ces spectres sans nombre
> Qui me rongent le cœur.

> O Samuel, entends-moi, je t'implore
> Endors un instant ma douleur ;
> Rends-moi pour un instant encore
> Le calme et la paix du Seigneur.

SCÈNE XIII (Page 29)

Au moment où la trompe sonne, les Israélites chantent au lointain le chœur de l'Angelus de GUILLAUME TELL, *ainsi modifié :*

Au sein de l'onde qui rayonne
Le soleil fuit ;
Des monts que la neige couronne
L'éclat s'évanouit.
Des lévites la trompe sonne
C'est notre retour qu'elle ordonne ;
Voici la nuit.

A C T E I I

Pour ne pas dépasser les limites du temps dont on peut disposer un jour de distribution de prix, l'ACTE II *tout entier est supprimé, sauf deux fragments :*

SCÈNE III (Page 33)

David chante le 1er couplet de sa Romance :

Heureux berceau etc.

Puis continue par la SCÈNE XV, *page* 57, *ainsi modifiée :*

DAVID

Qui vient? C'est Jonathas !

JONATHAS

O David ! O mon frère !

Il faut donc nous quitter !

DAVID

Triste départ !

JONATHAS

Espère etc.

Jusqu'à la fin de l'acte.

ACTE III

Scène vi, page 68, *on supprime la 2ᵉ strophe du chœur infernal.*

Scène xiv, page 87, *la représentation finit après la première strophe du chœur final.*

FIN

GUÉRET. — IMPRIMERIE H. RICHET.

www.ingramcontent.com/pod-product-compliance
Lightning Source LLC
Chambersburg PA
CBHW051929280626
47162CB00025B/2198